AF363152

Once
mujeres que cuentan
Erotismo

Título: Once mujeres que cuentan erotismo

Autoras: Roslyn Ison Valanci, Linda Báez Lacayo,
Maya Lorena Pérez Ruiz, Silvia R. Fernández Carias,
Laura Echevarría Román, Ligia Urroz Argüello,
María Isabel Jiménez Cerros, Blanca García Monge,
Marianela Corriols Molina, Gisella Torio Martínez,
Miriam Isabel Gutiérrez Prieto

Extensión: 111 páginas.

Dimensiones 17 x 23 cm

Publicación: México

Editorial: Narratio Aspectabilis S.A. de C.V.

ISBN: 978-607-97948-6-6

Literatura.

1000 ejemplares.

Once
mujeres que cuentan
Erotismo

Roslyn Ison Valanci, Linda Báez Lacayo,
Maya Lorena Pérez Ruiz, Silvia R. Fernández Carias,
Laura Echevarría Román, Ligia Urroz Argüello,
María Isabel Jiménez Cerros, Blanca García Monge,
Marianela Corriols Molina, Gisella Torio Martínez,
Miriam Isabel Gutiérrez Prieto

narratio

México, 2018

PRÓLOGO

En referencia a la narrativa erótica escrita por mujeres de los últimos años, la escritora y feminista Laura Freixas comenta: "en los textos eróticos femeninos predominan la fantasía, los símbolos, las sensaciones; en los masculinos, los actos". Curiosamente, en esta antología, once mujeres de tres nacionalidades, mexicana, nicaragüense y argentina, logran conjugar en estos doce cuentos eróticos un equilibrio entre la imaginación y la acción, entre la fantasía y su consecución. Las autoras de estos cuentos nos entregan miradas clásicas que, sin romper con el canon, nos brindan una visión estereoscópica de un erotismo desprovisto de disfraz abyecto o trasgresor.

No es de extrañar que la mujer latina se encuentre cómoda en cuanto a la escritura de textos eróticos. Latinoamérica es erótica. Es un continente cuyas letras exploran los sentidos, los sabores, los olores y colores, de la naturaleza y de la carne. Y en contra de lo que una visión historiográfica nos parece ofrecer, no sólo han sido los hombres quienes han experimentado con lo erótico a la hora de enriquecer sus universos literarios. Particularmente, la tradición mexicana femenina en narrativa erótica se remonta a la época prehispánica con los Cantos eróticos de las mujeres de Chalco, cuyos poemas, sin los prejuicios que después instalaría la cristiandad, rezuman sexo explícito escrito en náhuatl. La mujer le pide al hombre "Revuélveme como masa de maíz". Es una orden. La mujer es consciente de su poder y lo ejerce. Después ese erotismo fue velado, escondido, tapado y censurado por una sociedad conservadora que ató la sensualidad al pecado, pues, como dijo Georges Bataille en su obra *El erotismo*, "la sensibilidad religiosa vinculó estrechamente el deseo con el pavor, el placer intenso con la angustia". Pero algunas mujeres, como Sor Juana, se las ingeniaron para hacer brotar lo sensual del ostracismo al que la habían condenado, aunque veladamente, con los poemas que dedicó a la Virreina a la que, según dicen algunos, Juana de Asbaje amaba:

> *Así, cuando yo mía*
> *te llamo, no pretendo*
> *que juzguen que eres mía,*
> *sino sólo que yo ser tuya quiero.*

Los años pasaron y tras el porfiriato y la revolución, llegaron Rosario Castellanos, Elena Poniatowska y Laura Esquivel con una obra de altas dosis de erotismo que aunaba cocina y lujuria: *Como agua para chocolate* (1989) y tras ellas una fecunda producción de mujeres novelistas que se adentraron en lo erótico: Margo Glantz, Ana Clavel, Ethel Krauze, Rosa Nisán y una pléyade de autoras que exploran el mundo erótico femenino, y que posicionaron el placer y la sensualidad como uno de los núcleos de su literatura.

Nicaragua es, aunque en menor extensión, una tierra de poetas y volcanes, que particularmente ha dado al mundo una escritora que se ha convertido en bandera no sólo de su tierra, sino del despertar del feminismo en la Latinoamérica del siglo XX. Me refiero a Gioconda Belli, cuyo nombre y obra es un referente obligado cuando se trata de hablar de femineidad y erotismo. Ella escribió tanto de la lucha armada como de la liberación de la vida doméstica, del clítoris y de la vulva, con la misma enjundia con la que hablaba de otros temas universales, como la libertad, la muerte y el amor, erotizando no sólo los cuerpos sino las mentes de mujeres —y hombres— alrededor del mundo.

Cuando se piensa en literatura erótica se establece un vínculo con lo prohibido, con lo transgresor, incluso con relaciones sexuales que rompan el canon, porque hay algo de revolucionario aparejado a lo erótico, algo que aproxima la relación sexual a lo perverso, a lo abyecto e incluso a lo obsceno. Romper con el tabú está en los cimientos de la literatura erótica desde el siglo XVIII, y es una constante que ha pervivido a lo largo de los años, hasta llegar a novelas escritas por mujeres como *La educación sentimental de la señorita Sonia* (1979) de Susana Constante, *La nave de los locos* (1984) de Cristina Peri Rossi, *Amatista* (1989) de Alicia Steimberg, *Las edades de Lulú* (1989) de Almudena Grandes y *Dos iguales* (2007) de Cintia Moscovich. Novelas cuya dosis de rebeldía, y su deseo contestatario y de ruptura utilizaban la sexualidad como bandera.

Las autoras de los once cuentos que nos ocupan beben, cómo no, de las raíces que les brinda su tierra, que es rica como hemos visto en una tradición literaria erótica que ha abierto una brecha previa, y se hacen eco de todos estos referentes que, inconscientemente o no, permean en su forma de entender el mundo. Cada una lo lleva a cabo con su voz, con su particular manera de narrar, pero lo curioso es que abordan la temática erótica desproveyéndole de esa carga de rebeldía y de transgresión, sino aunándola a la experiencia amorosa y sentimental, haciendo un círculo virtuoso que conjuga amor, deseo y sexo como un todo que es mayor que la suma de las partes. Estas mujeres pertenecen además a tres generaciones que, sin embargo, comparten la misma necesidad de explorar el deseo, de ponerlo sobre la mesa y erotizar con sus letras. Una mirada femenina que no es perturbadora, sino calma, porque el placer y la pasión, no tiene porqué explotar necesariamente con violencia.

Un texto literario es más rico cuantos más niveles de experiencia integre. La sensualidad de estos cuentos deviene no sólo por lo que narran, sino por la golosa imaginería que exploran con los sentidos. Cuentos sensuales en los que más allá de la vista, exploran el sentido del tacto, del sabor, textos con olor, con su propio sonido. Textos que se paladean, que huelen, que se tocan. Y qué es el erotismo sino un universo que nos permite indagar sobre muchas facetas del ser humano, sobre su cultura, sus prejuicios, sobre la moral y lo moralizante. A través de la exaltación de lo sexual, de la fantasía erótica, los cuentos de estas once mujeres exploran en los fantasmas de las relaciones personales, en los miedos y no sólo en la búsqueda del placer, sino en el derecho al placer y en una intención clara de dotar a lo sexual de cierta dimensión artística.

La relación sexual es un núcleo alrededor del cual estas autoras crean un universo circundante en el que caben otras pasiones: las artes, la pintura, la música, la lucha.

En estos cuentos lo erótico forma parte de la vida, como comer o respirar, y las escenas sexuales son el cráter por el que erupcionan los personajes. Personajes que se descubren completos o imperfectos a través del sexo. Todos estos cuentos se circunscriben en un ámbito realista, salvo alguno que navega entre lo onírico, son cuentos desprovistos de fetichismo, o de elementos sadomasoquistas o voyeristas propios de los relatos de siglos pasados. Pues ya no es la censura el elemento a vencer. Al contrario, todos los personajes de estos cuentos, hombres y mujeres, son personas que viven en ambientes urbanos y por tanto solitarios a pesar de estar rodeados de gente, personajes de clase media, que utilizan Internet y son profesionistas. Cualquier vecino, amigo o jefe podría ser protagonista de estos cuentos, porque a pesar del esquema de libertades propio de las sociedades occidentales del siglo XXI, el erotismo sigue escondiéndose bajo la máscara de la rectitud y de cierta moralidad victoriana (la más hipócrita de la historia) que pretende instalarse de nuevo entre nosotros. Pero la literatura viene al rescate y cubre estas páginas de mujeres de mediana edad que se aventuran a tener fantasías, de hombres que tiemblan al no poder penetrar ciertas carnes que se les resisten, cuerpos maduros que por primera vez en años sienten de nuevo el renacer del deseo, otros más jóvenes que se descubren sensuales al experimentar el roce en un autobús, besos que carga el diablo, amores clandestinos a los que se es difícil renunciar, guerrilleros a quienes la muerte arrebata cuando apenas se asoman a la lucha, el cuerpo desnudo como un lienzo sobre el que los pigmentos no sólo pintan de colores sino dibujan un nuevo horizonte, músicos que hacen el amor a musas tan carnales como imaginarias, mujeres que descubren el placer lésbico, todos estos personajes eclosionan en los momentos eróticos previos a la consecución del acto sexual, que llega al final de los relatos como el agua al sediento, porque es lo previo, ese anticipar la ola que se avecina, el motor que desencadena todo tipo de sudores y palpitaciones. Lo erótico es en estos cuentos, pues, la sal y la pimienta que sazona las relaciones humanas. Pasen y vean.

Laura Martínez-Belli

LIENZO DE PIEL

Roslyn Ison

Nos vimos una mañana de septiembre.

Llovía intensamente y el frío calaba mi cuerpo cansado de tanto esperar una caricia certera. Sobre mi plexo se cernía una ansiedad nebulosa; la garganta, tensa ante lo perpetuamente callado, me ardía. Llevaba yo una bufanda de angora que en un principio me picaba, pero después me acostumbré a la sensación. Mis manos heladas apenas podían sostener el café que, con su calor, iba derritiendo la rigidez. Con un sorbo entibié mi sangre y comencé a sentirme mejor. La garganta aún me ardía, ocho días de antibióticos no fueron suficientes para sesgarlo. Y ahí estaba yo pensando en todas esas cosas: la garganta, en la última dosis de medicina que me había tomado una noche antes y en la enfermedad que no mermó, cuando me habló una voz masculina, sosegada y dócil.

Emergí de mis pensamientos, lo miré y en seguida lo reconocí. Me sentí aturdida. Lo había visto tantas veces en la clase de yoga sin haberme atrevido a hablarle, aun cuando todo en mí deseaba hacerlo. Algo en él me atraía y me turbaba. En parte era su fisonomía de atleta, pero no era solo el físico, sino que había algo más, indiscernible. Aún sumergida en el pasmo de tenerlo frente a mí, lo miré embelesada en su abundante cabellera oscura y larga hasta el ras de la barbilla. Él me observaba tímido, como si le hubiera costado un mundo entablar conversación conmigo. Le sonreí. Reconocí esa mirada ansiosa y febril con la que antes me había visto en la clase; era ese tipo de mirada que te lo dice todo. Me preguntó si podía sentarse conmigo mientras esperaba a que su café estuviera listo. Ese día en particular, la cafetería estaba abarrotada de gente ansiosa por calmar el inusitado frío invernal que nos acosó mucho antes de que el otoño terminara. Todas las mesas estaban ocupadas y había varias personas haciendo fila en la barra. Le indiqué que se sentara, y él tomó el lugar de enfrente. Hablamos de la clase, me confesó que me había estado observando y que mi manera de hacer las posturas poseía la elegancia de una bailarina de *ballet*. Me sorprendí porque de niña yo hacía *ballet*, y aunque tenía muchos años de no practicarlo, mi cuerpo recordaba. Pero no se lo dije, ignoro por qué. Tampoco le confesé que también yo lo había observado, posiblemente más de lo que debí, y que incluso me había dado a la tarea de averiguar su nombre. Se llamaba Emilio. Me parecía extremadamente fuera de lo común conocer a un hombre que poseyera tal flexibilidad y soltura. La mayoría de los que me rodeaban se encontraban estancados en una rigidez corporal, que a mi manera de ver, era la traducción de su mente inamovible y cuadrada. Eso me hizo pensar muchas veces que tal vez él fuese ese tipo de hombre de mente abierta y corazón expansivo. Ya solo por eso, Emilio me atrajo desde el principio. Como todas mis relaciones habían sido con hombres muy inflexibles, el simple hecho de pensar en la posibilidad de algo distinto me estremeció. Imaginé que pasaba mis dedos a través de sus cabellos rebeldes, como Dalila lo hizo tantas veces con Sansón. Ella sabía, así como yo sospechaba, que un hombre con esa cabellera (igualmente fuera de lo común, pues a esa edad la mayoría tiende a la calvicie) invariablemente debía poseer una vitalidad energética. Así que esa mañana de septiembre en la que por primera vez él y yo conversamos, supe que ese sería el inicio de un descubrimiento; como si hasta ahora los dos tan solo hubiésemos vislumbrado la punta del iceberg y estuviéramos dispuestos a hundirnos en el helado océano (aun pese al peligro de congelar nuestra sangre) y conocer lo que había en el fondo.

Después de que le sirvieron el café, volvió a sentarse a mi lado. Me preguntó a qué me dedicaba. Le dije que trabajaba en una agencia de publicidad, pero que ya estaba un poco cansada de ese trabajo. Le hice la misma pregunta y me contó que él hacía *body painting*. Pensé que debía de ser por eso que adivinó a la bailarina que guardaba dentro de mis recuerdos. Le conté esa faceta de mi vida y no pareció impresionado, asintió con certeza como si yo solo le estuviera confirmando algo que él ya sabía. Luego me dijo que hacer *body painting* le brindaba la sensibilidad para conocer ciertos aspectos de las personas.

Me gusta apreciar cuerpos, dijo. El cuerpo humano esconde secretos que pocos logran develar, pero yo, siempre que los miro, aprehendo algo fundamental de las personas. Ladeé la cabeza y le sonreí, intrigada.

Como tú, me dijo al notar el brillo que seguramente avivó mis ojos, pues solo un tonto hubiese sido incapaz de notar mi excitación. Tú, tan grácil en tus movimientos al practicar el yoga, continuó. Es como si adentro de ti siguieras danzando, aunque ya no practiques el *ballet*.

Recordé la cantidad de veces que me arrepentí por haber abandonado la academia, y caí en cuenta de que Emilio tenía razón: mi cuerpo derramaba nostalgia.

Es interesante lo que haces, le dije, adueñarte de cuerpos ajenos por un instante, hacerlos tuyos como si fueran el lienzo que aguarda inmóvil, a ser algo más que una blanca planicie.

Ahora fue él quien sonrió. Me miró con tal intensidad que me provocó volver el rostro hacia los comensales de la otra mesa. Me ruboricé. También me sentí estúpida por haber sido incapaz de sostener ese centello en su mirada que, seguramente, era el mismo que mis ojos lanzaron momentos atrás.

Aquí tengo algunas fotos de mi trabajo, dijo, y sacó su teléfono móvil de la chamarra. Las buscó y me lo dio. Las fui deslizando una a una. Me pareció que Emilio tenía un gran talento. La verdad es que nunca conocí a nadie que se dedicara a eso, pero me dio la impresión de que era bastante bueno en su trabajo. Me atrajo que no solo trabajaba con cuerpos perfectos y esculturales, sino que sus modelos incluían tanto a hombres como a mujeres de todos los tamaños y formas. Había algunas fotos bellísimas, otras grotescas, pero igualmente hermosas. La estética no solo reluce en lo tradicionalmente hermoso.

Le pregunté si todas esas personas lo habían contratado para realizar el arte sobre sus cuerpos y me dijo que no, que de hecho él era quien buscaba a sus lienzos —así los llamó, *lienzos*, tal y como yo había dicho momentos atrás— y que él les pagaba por permitirle trabajar sobre sus cuerpos. Lo que él vendía después eran las fotografías. Me mostró su página de internet donde aparecían las fotos. No eran baratas, aunque tampoco excesivamente caras. Le dije que tal vez le compraría una y de nuevo sonrió, esta vez con ventaja.

Te regalo las que quieras si me dejas pintarte.

Debí haber puesto cara de espanto, pues en seguida añadió: y claro que además te pagaré. Pero mi sorpresa se debió a que me hubiese escogido como su "lienzo". Era la elegida de un artista, me sentí honrada y excitada. No había poder alguno que hubiese logrado una negativa de mi parte. Había una flama en mi interior que llevaba ya un tiempo contenida. Emilio me atraía de una forma irrefrenable. Me encantaba verlo realizando las posturas de yoga, imperfectas pero seductoras, sus ojos negros que en ese instante desbordaban lujuria, su cabello oscuro del que quería ceñirme para aferrarme a algo que en ese momento no comprendí. Llegué a entenderlo mucho tiempo después y fue un descubrimiento amargo, pero aquella mañana de septiembre yo ignoraba hasta dónde nos conduciría la necesidad de ambos. Solo supe —más que por una corazonada, por la lubricidad entre mis piernas— que debía aceptar la propuesta, pues lo que viviría con ese hombre, que podía ser desde una simple cita en la que se daría vuelo con sus pinturas sobre mi cuerpo hasta, quizá, algo más, no volvería a experimentarlo.

Sí, le dije. ¿Por qué me elegiste?

Por tus movimientos de bailarina.

Reí.

Y porque pienso que tu cuerpo guarda el máximo secreto.

Lo miré sin entender.

¿Qué secreto es ese?, le pregunté.

El secreto que podría salvarme de mí.

Y ¿qué no es precisamente esa una de las razones por las que anhelamos explorar el cuerpo del otro? ¿Acaso no suponemos que debe haber en el mundo, en toda esta extensión de tierra y oxígeno, un ser que guarde el máximo secreto?

Así pues, ese mismo día pero ya en la tarde, Emilio me texteó su dirección y me pidió que lo viera el sábado a las cinco. Yo ya tenía planes, pero los cancelé. Temí no volver a verlo. De pronto me engulló la turbación de no verlo nunca más, de ir a la clase de yoga el lunes y que él hubiese desaparecido. Así que tomé esa oportunidad.

El sábado llegué puntual. Me abrió la puerta vestido con unos jeans y una camiseta manchada de pintura. Entré. Era una casa de buen gusto, sobria pero lujosa. Acogedora. Me ofreció algo de beber y acepté. ¿Vino? ¿Vodka? ¿Tequila? Me fui por el vodka. Estaba muy nerviosa. Me acomodé en el sillón de la sala y observé el extenso y bien cuidado jardín. Los árboles altísimos, todo ese verdor reflejándose en la mesa de cristal donde yacían unas esculturas exóticas y algunos libros de fotografía. Y Emilio en el bar sirviendo el vodka.

Mi corazón palpitante como el tambor de algún ritual religioso.

Se sentó a mi lado, me dio el vodka en la mano y prendió un churro de mariguana. Me ofreció un toque y lo acepté. No fumaba desde que era una adolescente y ya ni recordaba sus efectos. Pero en ese instante la verdad es que lo necesitaba. Cualquier cosa que me relajara era bienvenida, pues tanta excitación combinada con el nerviosismo me tenía algo mareada. Creo que percibió mi estado anímico, pues me dijo que todas las personas, cuando están a punto de descubrir sus cuerpos, sienten una especie de alteración debido a que piensan que están desnudando algo más profundo, pero que no era así. Que las vestiduras de aquello insondable llamado alma están urdidas con algo más complejo que simples atuendos de tela, y que para despojarse de ellas quitarse la ropa no era suficiente. No lo creí del todo, y la angustia de permitirle entrever a ese hombre a través de mi piel los confines de mi propio abismo, me mantenía en un estado de alerta. Sentí la rigidez de mi cuerpo, muy similar a la de mis manos aquella mañana helada de septiembre, pero esta vez no había ningún líquido caliente que derritiera esa inflexibilidad. El mayor problema radicaba en que Emilio de veras me gustaba, y cuando alguien te atrae de ese modo vertiginoso y confuso —confuso, porque no tienes idea en dónde radica el inicio de esa atracción—, no solo pierdes tu centro, sino que temes mostrarte entera. El mareo se exacerbó y ya no supe si fue por el nervio, la mariguana, el vodka, o todo a la vez.

Emilio me miraba a ratos como queriendo palpar el momento indicado para proceder con la elaboración de su arte. Tal vez percibió mi inseguridad porque pasamos casi una hora sin movernos de la sala. Comenzamos a hablar de muchas cosas que nada tenían que ver con la inminencia de mi desnudez ante sus ojos observándome, escudriñando este lienzo de piel que aprovecharía con un fin. Quise saber cuál sería ese fin, así que dejando a lado la vana conversación, le pregunté qué pintaría en mí. Me respondió que eso lo sabría en cuanto sometiera mi cuerpo al escrutinio, que mi piel hablaba un idioma y él trataría de entenderlo. Si el diálogo se propiciaba, entonces sabría qué pintar, cómo y con qué colores. Si no, sería incapaz de hacer nada. Me contó de algunas ocasiones en las que aquello le había sucedido: encontrarse con cuerpos que nada le dijeron, que nada expresaron. Cuerpos herméticos, pieles selladas e impenetrables. Le pregunté qué hacía cuando le pasaba eso, y me dijo que solo le pedía a los modelos que se vistieran de nuevo y se marcharan después de haberles pagado el monto convenido, pues ellos no eran los culpables de su incapacidad.

¿Podemos ir a mi estudio ahora?, me preguntó.

Sopesaba mi estado anímico, pues no deseaba incomodarme. Al ir conociendo a Emilio, descubrí que sus desequilibrios no impedían que fuese un caballero y se comportase como tal, siempre protegiendo mis susceptibilidades y curando mis heridas, aunque las suyas empeorasen.

De acuerdo, respondí.

Nos pusimos de pie y lo seguí a su estudio de trabajo. Era una habitación de buen tamaño con ventanales enormes que daban hacia el jardín. Tenían unas persianas opacas pero no eran necesarias, pues afuera no había nada excepto árboles. Ningún mirón curioso podría hurgar en el interior. Aun así, me dijo que, si me sentía más cómoda con las cortinas corridas, las cerraría. Yo le dije que no era necesario y le pregunté qué debía hacer.

Solo desvestirte.

¿Toda?

Asintió.

¿Totalmente?

Sonrió.

Déjate la ropa interior por ahora.

Comencé a desvestirme, y él a acomodar los colores, los pinceles y otros materiales que ignoraba para qué servían.

Me quedé en ropa interior y sus ojos se posaron en mi cuerpo. Sentí una excitación extranjera. Pensé que esa excitación le pertenecía a Emilio, por provocar esas sensaciones en mí. Temí mojar mi ropa interior y que él se diera cuenta, así que busqué una distracción y clavé mis ojos en la pared de enfrente. Pero yo derramaba deseo en mi intimidad y en mis ojos, que se desbordaron en llanto. Quise mermarlo, deshacerme con los dedos de la evidencia en mis mejillas, pero Emilio se paró frente a mí y tomó mi mano, evitando que limpiara mis lágrimas.

Nuestros ojos se engancharon y fue ahí, en ese instante, cuando acabó y empezó todo. Terminó la pantomima y comenzó la entrega. No tuvo que decir nada —Emilio era un hombre de pocas palabras y una exacerbada expresión corporal—, para que yo supiera que mi piel le había hablado y que él había comprendido el idioma. Quise saber qué descubrió de mí a través de ese mudo diálogo, qué percibió que le provocaba esa ansiosa mirada.

¿Ya sabes qué vas a pintar?

Rio y dio un asentimiento con la cabeza.

Acuéstate ahí, Olivia. Boca arriba.

Esa fue la primera vez que me llamó por mi nombre. Oírlo darme aquella orden concisa provocó que me sonrojara. Detestaba mi manera de ponerme en evidencia. Así como él no necesitaba de las palabras para que yo supiera, o al menos sospechara, lo que pasaba por su mente, creo que tampoco mi voz era necesaria. Estaba por acostarme en aquello que parecía una cama para masaje cuando lo oí decir a mi espalda: quítate la ropa interior. Me di un par de segundos para recomponer el aliento y me solté el brasier, sin mirar a Emilio. Lo dejé caer al suelo e hice lo mismo con mi calzón. Casi sentí cómo su mirada lamía mi espalda, mis glúteos… Me acosté cara arriba como él me pidió y perdí la mirada en el techo.

…

Empezó desde abajo, desde la punta de mis pies. No miré lo que hacía, solo me limité a sentir la textura del pincel entre mis dedos, la humedad de la pintura, su temperatura fría. Los vellos de todo mi cuerpo erizados y una cascada de placer derramándose. El pincel subiendo hasta llegar a mis rodillas y luego su voz: ponte de pie, me dijo. Alcé el rostro y lo miré. Levantarme me ponía nerviosa.

¿No puedo quedarme así?

No voy a poder pintar lo que estoy pensando de este modo, necesito trabajar adelante y atrás a la vez.

¿Qué estás pensando?

Ya lo verás.

Me levanté y él se hincó frente a mí. El pincel recorría mi entrepierna, estaba a punto de descubrir el oasis de mi deseo. El silencio en la habitación de pronto me pareció exagerado, lo que resaltaba su respiración entrecortada. ¿O era la mía?

¿Puedes poner algo de música?, casi imploré.

Alzó la mirada y asintió. Fue a una esquina donde había un amplificador y conectó su IPhone. Comenzó a sonar una música desconocida pero agradable. Sutil y atrevida.

Volvió a mí.

¿Tienes más vodka?

Claro.

Desapareció de la habitación y durante los dos minutos que tardó en llegar pensé que estaba cometiendo un error, que debía salir de ahí antes de cruzar una línea sin retorno. Pero ¿qué había tras esa línea?

Volvió con dos vodkas, bebimos y siguió con su trabajo. Se detuvo en mi pubis y me miró.

Necesito pintar aquí.

De acuerdo.

Y así fue subiendo hasta llegar a mi vientre, mis nalgas, mi espalda, mis senos… En ningún momento me miró con lascivia, todo el tiempo se portó muy profesional. Pero había algo detrás de sus ojos que yo no lograba traducir. Lo noté cuando lo tuve justo frente a mí. Él pintaba mi rostro y el suyo estaba tan pegado al mío que olí su aliento a vodka y algo más. No fue desagradable. Quise besarlo, pero me contuve. Rogué porque me besara, pero no lo hizo. Nos miramos un par de segundos antes de que él recogiera mi pelo con una liga y procediera a trabajar en mi nuca.

Terminó y sometió mi cuerpo al escrutinio para contemplar su obra. Dio varias vueltas a mi alrededor con una mano cruzada en el vientre y la otra sosteniendo su barbilla. Nunca lo vi tan atractivo.

Miró su reloj y arqueó las cejas. Ignoraba qué hora sería, pero supe que era tarde pues el cielo estaba completamente negro.

Emilio extendió su mano hacia mí. Le di la mía y me llevó frente a un espejo. Al mirarme, literalmente me quedé sin aliento. Enrollada en mi cuerpo había una serpiente roja con matices negros y marrones. Estaba tan viva y perfecta que la sentí real. A la altura de mis costillas, la boca de la serpiente se abría, descomunal. Toda yo estaba dentro de esa serpiente que me devoraba. De las costillas hacia arriba, solo era yo. Emilio había matizado un poco mi piel hacia un tono más pálido para resaltar el efecto. Mi rostro era casi blanco, así como mis labios que a la par se notaban un tanto azulados. Yo estaba casi muerta mientras la serpiente se extasiaba con mi cuerpo.

Emilio miró mis ojos reflejados en el espejo. No hablamos durante unos minutos. Luego, él me preguntó si había entendido el idioma de mi piel o se había equivocado.

Si no lo hubieras entendido, no sentiría lo que estoy sintiendo ahora.

¿Qué estás sintiendo?

No respondí.

¿Qué es lo que quieres devorar?

Alcé mis ojos y miré los suyos también reflejados en el espejo. No dije nada.

El silencio que volvió insoportable, lo quebré con el sonido de mis palabras.

¿Y ahora?

Carraspeó. Fue la primera vez que lo noté nervioso.

Ahora te tomaré unas fotografías.

No sé si quiero que me fotografíes.

¿Por qué no?

Porque me había desnudado, aunque no al despojarme de mis ropas. Él tuvo razón, se requería algo más que quitarse la vestimenta para dejar entrever una parte de nuestro Ser oculto. Emilio lo descubrió con su capacidad de artista, con esas imágenes en mi cuerpo que aún hoy, tantos años después, tengo grabadas en mi memoria como si estuviese mirando un cuadro en un museo.

¿Por qué los demás habrían de ver esta parte de mí? ¿Por qué gente extraña habría de conocerme de ese modo tan íntimo?, le dije.

Emilio se posó frente a mí, tapando mi imagen del espejo. Entreabrió los labios. Volvió a mirarme. El telón que cubría lo que se ocultaba tras esa mirada se esfumó y al fin pude verlo con claridad: sus ojos idénticos a los de la serpiente que había dibujado en mi piel. Esos ojos que ya no me veían como a una persona sino como un sustento.

Yo era su presa; él, la serpiente.

Colocó ambas manos en mi rostro y me besó con la lengua adentro de mi boca como si su objetivo fuese el de conocer todos mis sabores. Quise y no quise detenerlo.

Quise, porque estaba segura de que su obra de arte era una premonición: de mí no quedaría ya nada excepto los despojos del alimento que saciaría el apetito de un hombre. No quise, porque cada poro de mi piel gozaba con ser desmenuzada por el placer de ese hombre, ese en especial, pues todas mis fantasías reunidas no eran en sí ni la ínfima parte de lo que Emilio significaba para mí.

No lo detuve…

Y, además, me equivoqué. Pero eso no lo supe sino un par de meses después de habernos visto en su departamento casi a diario.

Yo llegaba en la noche, él me desvestía sin pronunciar palabra y poseía mi cuerpo como si fuese el dueño de mi piel, mi voluntad y mis sueños. Y yo lo dejaba hacerse.

Lo juro, juro que estaba segura…

      …en mi ignorancia creí que, al hacerme, él se hacía conmigo; que tanto las acciones como los sentimientos eran mutuos e idénticos…

…que juntos éramos aquella serpiente de colores infernales y a la vez aquella víctima desecha…

Me equivoqué.

La serpiente siempre fui yo; Emilio, el sustento. Al final, él pereció porque ese es el precio por pagar de todo lo que alimenta.

Sucedió la noche del veintisiete de noviembre.

Me coloqué el abrigo y salí de la oficina. El frío viento del otoño apenas afectó el calor de mi sangre. Yo era una llama con brazos y piernas que andaba por la calle hasta llegar a mi auto, poseída en el fervor de la fantasía de lo que sobrevendría esa noche. Es verdad que tiritaba, pero no de frío, era una temblona ardorosa. Al llegar a su casa me excitó saber que él me estaba esperando con la misma ansiedad. Al cinco para las ocho salí del auto y entré a la casa por la puerta principal que ya se encontraba abierta. Emilio me esperaba con el churro de mariguana y mi vodka servido, ya que siempre llegaba puntual.

Esa noche en particular, cuando Emilio me saludó lo sentí demasiado ausente. Le pregunté si se encontraba bien y me respondió que sí. Su respuesta no me convenció, pero yo me sentía tan febril que no le puse más atención. Ahora sé que debí hacerlo, debí leer las señales, pues había tantas. No fue sino hasta mucho tiempo después, al recordar cómo se fue dando todo entre nosotros, al pensar en sus ausencias ocasionales, la vaga melancolía que velaba su rostro, aquellos ojos que a veces se vaciaban del todo, que coloqué las piezas en orden. Si tan solo hubiera visto en aquel momento lo que después vi. El tiempo me dio la claridad que el instante vertiginoso al lado de Emilio me arrebató. Esos dos meses fueron un torbellino de sensaciones intensas y emociones confusas.

Así que esa noche, pese a que su ausencia era más evidente, yo la ignoré. Me bebí el acostumbrado vodka, fumamos un rato, hablamos de muchas cosas, entre ellas del amor. Me preguntó qué significaba para mí amar a alguien y le respondí que el significado del amor era ambiguo, pero que la sensación de amar era algo muy parecido a lo que sentía a su lado. Emilio besó el dorso de mi mano y se quedó mucho rato acariciándola con sus labios.

Para mí, el comienzo del amor se dio al mirarte todas esas veces en la clase de yoga, sosteniendo esperanzado la promesa de encontrar en ti ese *secreto*. Luego, descubrir en el lienzo de tu piel que tu interior es el reflejo de mí mismo. Y ahora…

Suspiró.

¿Ahora qué, Emilio?

Te haré el amor… tú me harás libre.

Mis ojos se llenaron de lágrimas y ni siquiera comprendí el significado real de esas palabras. Una voz en mi interior gritó: *Sal de aquí, Olivia. Sal ahora…*

…y lo hubiera hecho, me hubiese ido si Emilio no me hubiera besado el cuello con ese fervor, si no me hubiera quitado la ropa como si estuviese desgarrando la piel de la serpiente que lo envenenó…

…tal vez, de haberme ido hubiese comprendido las intenciones de mi amante que en ese momento perdí de vista, tan extraviada en el revuelo del placer…

Emilio entró en mí, y yo me fugué al mundo donde apenas la sombra de la muerte roza nuestros cuerpos, donde sentimos el efímero gozo de esa liberación que anhelamos sin atrevernos a confesar…

…mis ojos cerrados…

…el aliento de Emilio en mis oídos…

…el *te amo* pronunciado por sus labios…

…no vayas a abrir los ojos, Olivia, prométeme que no los abrirás hasta que yo te diga…

…no los abriré, Emilio, hasta que tú me digas…

…un olor metálico…

…un pincel acariciando mi cuerpo…

…un líquido tibio sobre mi piel…

Recuerdo haber pensado que si Emilio me pidió que no abriera los ojos fue porque quería sorprenderme. Me pregunté qué estaría pintando, y también me pasó por la mente que en esta ocasión se había tomado la molestia en entibiar un poco la pintura para que no la sintiera tan fría. No fue sino hasta que oí su respiración agitada y trabajosa, que abrí los ojos.

No he terminado, Olivia… ciérralos.

Alcé la cabeza y al ver la escena me paralicé. Emilio se había hecho un corte en el muslo izquierdo y la sangre brotaba a chorros. Sobre la mano derecha, apenas podía sostener el pincel con el que había pintado algo ininteligible sobre mi piel. O tal vez la imagen sí era clara, pero yo no me detuve a estudiarla. Sus labios temblaban, quería decirme algo pero en ese instante se dejó caer a mi lado sobre la cama.

Me sentí horrorizada…

…eso fue lo que le dije a la policía para no parecer una loca…

…y es que sí estaba loca…

…y vi sus ojos, esos que antes se asemejaron a los de la serpiente devoradora, ahora eran un par de luminarias cegadoras y brillantes. Sus pupilas se encontraban dilatadas a causa de un desconocido y ajeno placer que jamás sería mío…

…y lo odié por su egoísmo, por abandonarme, por haber encontrado su liberación a través del placer, a costa mía…

…lo zarandeé como una desquiciada…

…no me dejes, Emilio, no me dejes…

…mis lágrimas embarradas en su rostro y él mirándome con lo que traduje como misericordia…

…te lo ruego…

…que si me dejas me mato, que si me dejas no viviré más, que sin ti no sabré estar, Emilio, sin ti la vida se verá gris. Te llevarás contigo todos los colores.

Con las pocas fuerzas que le quedaban, Emilio alzó la mano y limpió las lágrimas de mis mejillas.

Ya verás que te olvidarás de mí…

Nunca.

Sonrió, y con esa sonrisa se fue al mundo que yo apenas rocé en un instante.

No me maté como le prometí que lo haría, ni tampoco la vida por sí sola decidió abandonar mi cuerpo. Mucho tiempo estuve abatida, pero un día descubrí que ya no pensaba tanto en él, y luego menos, y después ya casi nada. Así que Emilio tuvo razón, aunque fue una razón a medias, pues, así como él aseguró, mi mente lo fue olvidando; pero mi piel, este lienzo de piel que una vez sirvió para descubrirnos el uno al otro, no hace más que recordarlo. Cada vez que alguien me toca, mi piel sabe que esas manos no pertenecen a mi amante. Cada que alguien me besa, mis labios reconocen la distinción. Pero yo sigo buscando…

              …sé que por ahí debe existir alguien, un desconocido que de pronto se hará presente en la clase de yoga, en alguna fiesta nocturna, en una cafetería…

    …alguien como Emilio.

EL CUERVO
un beso puesto en la comisura del diablo
puede causar estragos

Linda Báez Lacayo

Un beso puesto en la comisura del diablo puede causar estragos en una mujer, le dijo Rodamiro a su amigo Rosendo. Si logras colocar sutilmente tus labios, húmedos, ansiosos, sobre la esquina de los de ella, estará perdida para siempre. Será tuya. De ahí la deberás soltar, dejarla ir, que se sienta frágil, que quiera quedarse. Regresas. Los colocas de nuevo muy suavemente y ella sentirá que la estás poseyendo. Puede que al inicio rehúya tus caricias, pero solo serán apariencias. Nada de lo que haga impedirá que después se postre a tus pies. Ella lo sabe, querrá evitarlo, pero no podrá. Una vez que tus labios rocen, tan solo rocen esa comisura, será tuya. Pensará en ti, soñará contigo, será tu presa.

¿Y por qué del diablo? Porque ese es el que hace que todas las cosas sucedan. Desde el momento en que da su señal de partida, hasta dónde pones la mirada, hay un mundo de diferencias. Sabe que no logras amar bien, sabe que después de un tiempo te irás, pero no podrá evitarlo, estará atenta a tu reacción, a querer recibir el roce de tus húmedos labios en la comisura de los suyos.

Como yo. Rosendo sabía que me tendría cuando él quisiera. Ya había dominado mis emociones y mi cuerpo. Y ni siquiera me había tocado. Solo imaginaba esos abrazos. Lo miraba y me sentía rodeada por esas tenazas férreas. No quería que supiera que ya andaba por ahí suspirando por él. Todas se enamoran de mí, me dijo un día, y yo me reí. No lo podía creer, no era posible. Le gustaba saber que le pertenecían, soy tuya y solo tuya, hubiera querido decirle, sin importarme que podría dejarme cuando quisiera. Le gustaba el dolor en la pasión, le gustaba tomarlas, llevarlas al límite del sufrimiento, emocional y físico. Amarraba, maltrataba, arrastraba, después te rescataba y te llevaba a la gloria. Para abandonar y despreciar después, porque eso lo animaba a seguir detrás de otra presa. Las señalaba, ellas son mujeres necesitadas, son presas frágiles en mis manos, me decía, pero no es eso lo que quiero, no, quiero alguien como tú, que me reta, que me hace revolver mis más intensas sensaciones.

¿Cómo lo sabes? Nunca has estado cerca de mí, le dije entonces. Toma un vino, toma un vodka, un mezcal, mezclas todos esos y no sabes la combinación que vas a sacar.

O sí.

Al principio quiere agradar y tú solo quieres estar cerca de él, sentir ese olor a hombre, a sudor, a leña seca, a dos días sin baño. Solo quieres estar a su lado, que no se mueva, que no se extienda, que sepa que sí, que ya te conquistó, que te tome de los brazos, que te saque la blusa, que la vaya dejando tirada por el camino, que intente sacar el sostén y no lo logre, y se ría, y tú te quedes quieta, disfrutando de su aparente inocencia, te dejas llevar, te toca la cara, baja la mano a los pechos, cada una de esas manos gruesas escarbando para sacarlos, tocarlos, apretarlos, hasta provocarte un pequeño gemido. Decirte de nuevo, Todas se enamoran de mí, y tú saber que es cierto, que estás perdida, perdidamente apasionada por esa imagen, esa estatua que pronto se irá lejos, que le pedirás que te lleve contigo, que te someta, que no te deje respirar, que haga lo que quiera. Ves esa cara burlesca que tanto ansías, y tu sexo está húmedo, se corre entre las piernas tu deseo, te pica, salpica y le ruegas que lo tome, que lo huela, que hunda su lengua hasta llenarlo, que tus piernas queden temblando con el deseo que te corroe, porque sufres pensando que ya no te querrá, que se va sin remedio y no puedes alcanzarlo, porque si lo alcanzas te mirará con desprecio y te dirá detente, no me sigas, nada nos ata. Y le dirás que sí, que la pasión te ata a él, que siempre tuvo la razón, que estás perdida sin él, condenada sin remedio, y sabes que sí, que todas se enamoran de él, que siempre lo estuviste, que solo quieres que te tome, que te bese, que tome tu vida si es necesario.

La noche se hizo para transgredir. Y lo hice. Transgredí con gusto. Rosendo me enseñó que en la pasión no había barreras, con él crucé todos los límites, tantos que lo llegué a odiar. ¿Se puede odiar a quien amas? A Rosendo pude odiarlo. Me llevó a ese sitio donde no había ido con nadie. Cuando lo conocí perdí toda mi capacidad de dominio y sabía que estaba solo para él. Probé todo lo que se podía probar, lo hice porque quise, porque sí. Ya no podré apasionarme como lo hice con él, dejó todas mis puertas cerradas. Cuando estaba ausente, cuando me abandonaba o no contestaba mis cartas, yo me sentía morir. Era toda yo entregada a él. Todas se enamoran de mí, me repetía.

¿Te dije la última vez que estuve con él? Sentados al lado de la alberca, riéndonos de cualquier cosa, media botella de vodka en el piso, nuestros vasos juntos habían dado cuenta de la otra mitad. Claro, por eso las risas salían así de fáciles, porque con Rosendo nada era fácil. Siempre parecía enfadado, siempre protestando. Pero eso lo hacía más atractivo, me gustan los hombres que reniegan de todo, que se rebelan. Y ahí estaban mis pies sobre su silla al lado de sus caderas. De vez en cuando rozaba su ropa, poco a poco fui otra vez tomando confianza y los iba acercando a sus piernas, hasta que él tomó uno de mis pies, lo acarició sobre su torso y mi pierna reaccionó llevando pequeñas descargas eléctricas hacia arriba y yo sonriendo como tonta.

Él repitió su frase preferida, Todas se enamoran de mí, y yo reí de nuevo, pero me daba cuenta que algo de verdad siempre tuvo la frasecita esa. Después sentí sus manos tomando mis muslos. Ya no tenía conciencia, era la nada misma, me hundiría con todo y ropa entre sus brazos. De repente me soltó. No pares, no pares, pensé, pero no dije nada.

Se levantó.

Me quedé quieta mirando el agua moviéndose en la piscina, no se oía ningún sonido, era el silencio total. No quería moverme. De repente escuché mi nombre, suavemente. Levanté la vista, lo busqué y no lo vi. Aquí, atrás tuyo, me dijo. ¿Dónde? le dije yo. En el pasto, ven. Me levanté como hipnotizada. Había dicho ven, debía ir. Estaba acostado sobre el césped.

¿Sabías que hay trescientos mil trillones de estrellas en el firmamento? me dijo, señalando con su mano para que me acostara a su lado. Si me acuesto a su lado estoy perdida, pensé. Me acosté a su lado. No tengo idea, le dije a su pregunta del número de estrellas. ¿A quién le importaban las estrellas? Tomó mi mano y junto a la suya la dirigió hacia arriba. Esa es *Kappa Leonis*, aquella es *Beta Virginis* y ésta más acá es *Delta Corvi*, señalando con nuestras manos. ¿Sabías que *Delta Corvi* es la tercera estrella más brillante de la constelación de *Corvus*, el cuervo?

No tenía ni idea de que alguna constelación se llamara *Corvus*, El Cuervo, ni tampoco cuántas constelaciones existían en el firmamento. Lo más cerca de las estrellas eran esos momentos juntos, uno al lado del otro. Su mano en mi mano señalando las constelaciones. Y yo todo le creí. Soltó mi mano y puso las suyas sobre el pecho, cruzadas. Yo me quedé quieta a su lado, esperando. Moría de ganas de voltearme y ofrecerle mi cuerpo, pero no quería parecer como las otras, desesperada, a las que seguramente conquistó con sus historias sobre constelaciones y estrellas. No sé cuánto tiempo más pasamos ahí, juntos. Así, sin tocarnos, sintiendo nuestras respiraciones. Lentamente se volteó, y su rostro quedó al lado del mío. Yo, que seguía intentando explicarme qué influencia tienen las estrellas en las vidas de los amantes, de repente sentí su aliento sobre el mío. Me dio uno de sus besos marcados en la misma comisura de mis labios, sí, esa a la que le dicen que es la comisura del diablo. Abrí la boca para recibirlo y él volvió a su posición anterior.

Parecía como si quisiera retar mi paciencia.

No hice nada y me quedé ahí esperando que regresara a darme su aliento o a poner de nuevo su boca al lado de la mía. Y yo, contando estrellas. Mi corazón palpitaba tan fuerte que temía que él pudiera escucharlo. Mi cuerpo pedía a gritos que lo tomara del cuello, lo abrazara, sacara sus ropas y ahí mismo, con las famosas estrellas y constelaciones del cuervo, poseerlo. No me importaba si mañana me iba a despreciar, si se olvidaría de mí o si me diría de nuevo, Todas se enamoran de mí. Y yo ahí quieta, queriendo que tomara la iniciativa de reconocerme, desnudarme, usarme, castigarme si fuera necesario, yo solo moría por su señal.

Una, tan solo una.

Pero él seguía ahí firme, sereno, casi como esperando que de repente fuera yo quien me volteara hacia él, pusiera mi cuerpo sobre el suyo, sintiera cómo su sexo iba creciendo hasta llegar a su entera plenitud y ahí mismo, sin tirar las ropas, solo abriendo aquellas que fueran necesarias, lo llevara hacia mí, jugara con él, lo tocara, lo besara y, finalmente, lo dirigiera hacia mis cavidades donde explotaría toda la paciencia que había guardado. Nada de esto pasó, mi imaginación desbordada, mi sexo inflamado. Nada de esto pasó. Se quedó ahí quieto, junto a mí. Tomó mi mano, la volteó y la besó en la palma con sus labios húmedos, se inclinó hacia mi rostro, cerré los ojos pensando que finalmente sería mío, sentí sus labios en mi frente, sentí su aliento en mi boca, sentí sus labios en la comisura de mis labios, otra vez. Se levantó. Miré hacia arriba y ahí estaba, quieto de nuevo, frente a mí.

El cuervo alzó el vuelo perdiéndose en la noche.

AMOR CON CLASE

Maya Lorena Pérez Ruiz

Estudiaba sociología en la universidad cuando una parte del mundo creía en la revolución que haría del nuestro un mundo mejor. Como paradoja, frente a la contundencia de la sociedad dividida en clases, nosotros, estudiantes y militantes de izquierda, huíamos de su existencia; o por lo menos tratábamos de ignorar las diferencias entre nuestros compañeros, a quienes queríamos sentir como iguales.

Yo, como miembro de una familia de intelectuales clasemedieros, trataba de pasar desapercibida entre mis compañeros. Usaba la ropa más vieja y neutral de mi clóset, volanteaba en las calles y me emocionaba ante los ardientes discursos en contra del gobierno. Formaba parte de la brigada de Miguel, un joven de veintidós años, de pantalón de mezclilla y morral de lona verde, signo de su simpatía por el maoísmo y de sus diferencias con los trotskistas, portadores de lentes redondos y pequeños, y de la barrera que levantaba respecto de los estalinistas, que preferían el anonimato de los pantalones y chamarras de mezclilla. Junto a él participé por primera vez en las guardias nocturnas en apoyo a la huelga de los trabajadores de una fábrica automotriz.

Recuerdo a la perfección el olor a miedo y humo de esa primera noche. Para calentarnos, junto a una decena de obreros, nos acomodamos en torno a un montón de llantas ardiendo. El olor era insoportable y teníamos miedo de que llegara la policía o los esquiroles para tronar el movimiento, pero eso y más estábamos dispuestos a aguantar por nuestra lucha. Además del dinero que colectábamos en el metro y los camiones, a los estudiantes nos tocaba llevar la guitarra para subirnos el ánimo con canciones de José de Molina, Óscar Chávez y Gabino Palomares.

Era enero y yo, sin costumbre de dormir en las calles, llevaba puesto solo un suéter de Chiconcuac, tan abierto en su tejido que el viento circulaba sin trabas hasta helarme los huesos. A las dos de la mañana el frío era insoportable así que, sin remilgos, me le pegué a Miguel, que estaba envuelto en una cobija gris con el clásico olor de los hombres que viven solos, sin preocuparse demasiado por la limpieza. Él, solidario, me abrazó para compartirme el calor de su cuerpo. Poco a poco fue cediendo el frío, hasta que una modorra parecida al sueño se apoderó de mi consciencia, y fue entonces que sentí su mano muy cerca de mi seno derecho. Despabilada por la sorpresa, miré de reojo al compañero para saber si se trataba de una seducción o de un descuido. Sin embargo, él estaba tan absorto escuchando la canción de la *Maldición de la Malinche* que parecía no darse cuenta de que su mano cubría ya la totalidad de mi seno. *Eran los hombres barbados de la profecía esperada…* De inmediato el ciego calor de esa mano se propagó hacia mi otro seno como si, envidioso, exigiera un trato similar… *Y en ese error entregamos la grandeza del pasado…* Una parte de mí me incitaba a levantarme para darle un sopapo, mientras que otra me mantenía quieta para continuar el gozoso placer que me inundaba… *Hoy en pleno siglo XX nos siguen llegando rubios y les abrimos la casa y los llamamos amigos…*

A la luz de la historia de nuestro mestizaje, plasmada en la canción de Gabino Palomares y del fuego apestoso de las llantas quemadas que nos servían de fogata, miré a Miguel por primera vez. Y no quiere decir que no lo hubiera visto antes, solo que un camarada adquiere un rostro distinto una vez que, agarrándote un seno, vigila que no lleguen los rompehuelgas. Su melena castaña le llegaba a los hombros, pero su pelo en extremo descuidado parecía de alambre. Grandes

ojeras enmarcaban sus ojos cafés, y la piel de su rostro estaba manchada por el sol. Me detuve entonces en la mano que sostenía un cigarro.
Sus dedos eran chatos y manchados por la nicotina. Miré luego las
puntas de sus botas de minero, negras, toscas y enlodadas, y recordé
que cuando caminaba elevaba demasiado los talones, como si deseara
ascender a algún sitio. Definitivamente no podía negar su origen prole-
tario. Decidí que no me gustaba y que jamás volvería a compartir
cobija con él, aunque mientras lo aseguraba seguía clavada a su lado.
Yo no tenía novio, pero Miguel no era el ideal de chavo con que soña-
ba. En mis noches de ansiedad me imaginaba con hombres de barba
tupida, melenas rizadas, ojos claros, manos cuidadas y un discreto
olor de lima o de maderas tropicales y pimienta. O sea que los hombres
de mis fantasías tenían las características de los intelectuales chilenos y
argentinos que formaban el cuerpo de profesores de la universidad,
y nos enamoraban con su elocuencia y su elegante estilo de vestir,
diferente al de los estudiantes, mayoritariamente pobretones, de la
facultad donde yo estudiaba.

La guardia concluyó sin problemas y sin que la mano de Miguel avanzara desde la posición en que se había instalado, así que a
las seis de la mañana los estudiantes nos fuimos a desayunar a una
fonda cercana para no agotar las reservas de los compañeros huel-
guistas.

Varias noches más hicimos guardia afuera de la fábrica, y tal
como me lo prometí, llevé mi propia cobija, comprada para la ocasión. Sin embargo, en el trayecto desde la universidad, Miguel y yo
pasábamos varias horas subidos en el metro, uno siempre muy pegado al otro, más por necesidad que por gusto. O por lo menos como
casuales interpreté los arrejuntamientos que vivimos durante esos días,
hasta que no hubo forma de evadir lo evidente: el deseo provocado por

la camaradería y el continuo contacto de dos cuerpos jóvenes, ansiosos de experimentar. Así que un día en que íbamos hasta Naucalpan para repartir volantes, alcanzamos asiento solo en la parte de atrás de un destartalado vagón del metro y, por su lentitud o por el ambiente viciado ante tanta gente apretujada y su agobiante olor a humanidad, después de un rato me adormilé. Miguel, solidario otra vez, sugirió que me recostase sobre sus piernas para que estuviera cómoda y yo acepté. No sé si lo hice porque realmente estaba cansada o porque deseaba que algo sucediera. Lo cierto es que puse mi cabeza sobre sus piernas y él, según explicó a quien quisiera escucharlo, me cubrió con su chamarra para protegerme del frío. De inmediato su ingenua y distraída mano se colocó sobre mi seno, solo que ahora en el izquierdo, mientras nuevamente parecía ignorar lo que sus dedos independientes hacían. Con una sola mano me desabotonó la blusa y me acarició larga y democráticamente los dos pechos. A cada ligero pellizco de un pezón seguía un cadencioso y tierno amasar. Mis pechos se ensanchaban. El gozo poblaba sus cumbres y desde allí se esparcía, calmo y arrebatado al mismo tiempo, por todo mi cuerpo, que imaginaba transparente, poblado por venas exaltadas y fosforescentes a punto de estallar. Ansiedad sin reposo, rebelión de las entrañas, exigencia sin nombre. Qué se yo lo que de atavismo tienen esos impulsos que despiertan sin que importe nada, solo la voracidad impulsiva de desearlo todo.

Al bajarnos del metro me temblaban las piernas, y la ansiedad palpitante en el vértice de mis piernas me invitaba a exigirle a Miguel que continuara, pero este, fiel militante, mantuvo nuestra agenda de trabajo sin que hubiera oportunidad siquiera para comentar lo sucedido. Me quedé tan anhelante que ya no pude pensar en otra cosa.

Solo deseaba que al día siguiente nos mandaran juntos hasta la Conchinchina para que pudiéramos repetir la experiencia.

Como si Dios pudiera atender los deseos insólitos de una estudiante de la universidad, nos mandaron a las diez de la mañana a los dos al mercado de La Merced a comprar harina para el engrudo con que debíamos pegar los carteles de propaganda política.

En la estación Pino Suárez los vagones del metro se llenaron hasta el tope, y Miguel, en un acto que yo interpreté como de protección, se ubicó detrás de mí. A los pocos segundos sentí el intenso calor de su cuerpo con algo duro y emergente que me acariciaba leve, fugazmente, cada vez que el vagón nos movía de allá para acá y de acá para allá, en uno de los bamboleos más singulares y eróticos que he vivido. Era tanto el placer, o tanta la necesidad de satisfacerlo, que me dolía el cuerpo, me dolía la piel y me ahogaba la necesidad absoluta de resolver ese preámbulo indefinido e incierto.

Llegamos a La Merced y nuevamente me temblaban las piernas, ahogada en una agitación incontenible. Mi cuerpo demandaba, suplicaba, exigía una satisfacción ajena a la razón para culminar ese placer voluptuoso que parecía gotear desde mis piernas como lágrimas suplicantes. Cumplir mis obligaciones revolucionarias en esos momentos me tenía sin cuidado.

Miguel, sin explicar nada, me tomó de la mano para conducirme hacia unos baños públicos ubicados cerca del metro.

Con la naturalidad de quien está acostumbrada a eso y a más, la empleada de los baños nos entregó dos toallas y un jabón, y nos condujo luego hacia los cuartos de vapor. Nos tocó el número nueve. Al entrar vislumbré un pequeño vestidor con un asiento de tablillas de madera, apenas suficiente para que pudiéramos sentarnos. Detrás había un espacio más con una regadera colgante, lista para soltar chorros de agua fría cada vez que se jalara una cadena. No podía ver por dónde salía el vapor, pero era tan intenso que colmaba el lugar, como provocado por la respiración agitada y ansiosa de los amantes que se resguardaron allí para satisfacer sus deseos.

Miguel no era hombre de muchas palabras, así que, mudo, procedió a quitarme la ropa en un acto sacro, como si yo fuera algo frágil y preciado. Una vez expuesta a su contemplación recordé las imperfecciones de mi cuerpo como vergüenzas descubiertas. Sin defensa alguna me cubrí con mi abrazo y quise huir, pero él, por primera vez sonriente, me detuvo. Su mirada transitaba golosa por mi superficie y yo, recién nacida por su admiración, me dejé esculpir por sus fantasías que parecían venir de antaño, quizá de sus mañanas somnolientas en cuyo extravío me pensaba.

Después de varios segundos Miguel procedió a quitarse sus botas proletarias mientras que yo, expectante, lo observaba. No era delgado, pero tampoco gordo, y su cuerpo no podría decirse que fuese maravilloso. Su piel, pálida y lechosa, contrastaba con el color de sus manos oscurecidas por el sol. Su pene ya erguido era tan chato como los dedos de sus manos, manchados por el cigarro. Su pelo, bajo el peso de grandes gotas de agua mezclada con sudor, resbalaba sin gracia sobre la cara. Y mientras ese hombre desprovisto de sensualidad terminaba de quitarse la ropa, yo me pregunté qué era lo que tenía de especial que me hacía permanecer a su lado. Continué mi inspección mientras él colocaba nuestra ropa en un gancho que colgaba de la puerta y se sentaba otra vez sobre la incómoda rejilla de madera.

En ese estrecho lugar, él sentado y yo de pie, Miguel procedió a mirarme otra vez larga y pausadamente, como si fuera imperativo guardarme en su memoria. Luego procedió a besar la parte de mi cuerpo que tenía frente a su cara. Durante los primeros segundos lo observé desde mi altura, y me dieron ganas de reír por la incertidumbre de estar allí con esa persona que conocía solo como a un camarada. Después, para evitar pensar, me concentré en sus labios frescos que paseaban por mi piel para salvarla de ese calor infame que había por todos lados. Se entretuvo jugando con mi ombligo. Luego sus manos avanzaron por la curvatura de mi espalda hasta alcanzar las protuberancias que le siguen. Una gran sorpresa sentí cuando en su hondonada me descubrió para el placer un hoyo negro que palpitaba goloso ante las caricias de sus dedos, ¡qué maravilla!

Boca y manos continuaron su paseo, sin prisa, sin recurrir a lo obvio para despertar la voluptuosidad de mi piel, dormida la mayor parte del tiempo. Anhelantes, mis labios inferiores se abrieron para invitarlo a entrar, pero Miguel no se detuvo y pasó de largo hasta mis piernas para continuar su exploración. Ajeno a mi ansiedad, con la presión de sus dedos me indicó que me reclinara y yo, dócil aprendiz, giré para apoyarme con las manos en la banca de madera, las piernas entreabiertas para recibirlo. Miguel, omiso ante el ritmo insinuante de mis caderas, me contuvo, llevando sus manos hasta mis pechos que exigían también sus atenciones.

Miguel era ahora un mago capaz de transformarse él mismo en el placer que me infundía. Dejé de pensar en él como el hombre desabrido y terco que comandaba mi brigada universitaria, atenta al torbellino de sensaciones que intensas se transformaban de un lugar a otro, sin orden, exigentes todas, punzantes incluso en su incapacidad para darle fin a esa agitación hambrienta que me obligaba a retorcerme, a murmurar palabras inconexas, a exigir un alto y, a veces, a suplicar lo contrario para que aquello continuara más y más, como en una caída cuyo final no importa porque lo relevante es haberse atrevido a saltar, a sentirse libre mientras se navega por un espacio brillante, donde todo es posible porque es infinito. En el momento en que sus labios frescos rondaron la oquedad del fondo posterior de mis caderas, tuve una nueva sorpresa al sentir que me penetraba algo más flexible, más húmedo y más largo que sus labios y, ¡ay, mi Dios! ¡Qué placer es capaz de producir la lengua cuando no se tienen prejuicios! Me lamió y me saboreó sin prisa por ese hoyo profundo que lo une todo hasta perderme en un mundo de sensaciones desconocidas y potentes. Fui la pulsión que viajaba entre túneles de carne roja, en un palpitar incoherente de exigencias y placeres. Miguel alargó entonces sus dedos para acariciar los labios guardianes de mi otra caverna para acoplarla con la oquedad que continuaba saboreando con su lengua. Yo era solo movimiento, el grito que lo alentaba a seguir más y más con la agonía del placer previo al final, anhelante de que durara para siempre. Sin forma, sin razón, se apoderó de mí la abrumadora necesidad de ser un fuego de artificio, de estallar sobre un cielo oscuro, como en el primer acto de creación del universo, cuando algún ente divino tuvo el orgasmo cósmico que originó la vida, cuando creó la exuberancia de los peces de colores, las selvas y las mujeres…

Cuando regresé de la explosión aún temblaba. Miguel me abrazó y con ternura acarició mi cabello, mi rostro sudoroso, para consolarme como a una criatura recién nacida.

Después de un rato, en el que nada había por decir y en el que el vapor continuaba con su tarea purificadora, Miguel reinició nuestros placeres con la concentración de un escolar haciendo su tarea. Comenzó por besar mis senos, equitativamente para que ninguno se ofendiera, y me reconoció por todos lados, visitó mis bocas, saboreó mis cavernas, y yo, delirante, no sabía ya qué forma tenía mi cuerpo. Así que, embriagada por mis nuevas sensaciones, me pregunté si acaso era mi cumpleaños para recibir tantos regalos, porque era evidente que

Miguel me estaba obsequiando, pródigo y hábil, todos esos placeres que yo aceptaba con el egoísmo de la festejada. Y fueron seis veces, ¡seis veces!, las que me llevó a la cúspide de mis emociones. Claro que después de las dos primeras tuve que ser equitativa y ya no se trató solo de mí, sino de los dos, y algunas veces solo de él, porque después de sentir tanto placer no podía ser egoísta. Se me ocurrieron cosas inimaginables para mí antes de ese día y me volví una experta para retribuirle su generosidad, porque de eso se trataba lo nuestro, de todo lo que él sabía, de todo lo que estaba dispuesto a darme y de lo que en reciprocidad le daba yo. Y no me engañaba. Lo que pasaba allí no era amor, todavía no por lo menos.

Salimos de los baños públicos a las cuatro de la tarde, con el pelo mojado, unidos por las manos, como cómplices de lo vivido. Y otra vez, sin que mediaran palabras, caminamos muy juntos para cumplir con nuestras sagradas obligaciones militantes.

Después de ese día ignoro cuántas veces nos deleitamos juntos, cuántas veces nací y morí con él, porque nunca tuvimos la costumbre de contarlas. El hecho es que a su lado conocí muchos de los baños públicos del norte de la ciudad: los que están cercanos a la terminal de autobuses foráneos, los que circundan las estaciones del metro, más los que se ocultan cerca de los mercados y las paradas de camiones urbanos.

Los nuestros fueron buenos tiempos, y nos volvimos expertos para huir de la policía. Pero no por nuestras actividades como militantes de izquierda, sino porque los policías pululan cerca de los baños públicos para extorsionar a los amantes que no pueden pagar hoteles de paso.

Un año después acordamos separarnos cuando Miguel viajó a Chihuahua para hacer trabajo político.

Con el paso de los días la presencia de Miguel se fue diluyendo en una mezcla cotidiana de tareas universitarias y compromisos. Por esos días mi hermana mayor se casó, y la familia entera nos volcamos en los preparativos: escoger el vestido, el salón para la fiesta, los centros de mesa, la cena, los vinos. Especialmente mi madre se ocupaba de distraerme con las compras en los grandes almacenes, como si el placer del consumismo fuera suficiente para alejarme de la militancia política.

Una madrugada, sin embargo, me despertó un dolor inexplicable. Una presión sorda se instaló en mi pecho y me asaltaron sensaciones lúgubres, como si ramas de pinos se entretejieran para ocultar la luz del cielo invernal y yo resbalara por un túnel oscuro y frío. Una soledad absoluta abrazó mi cuerpo, inmovilizado por un creciente terror. Fueron largos segundos de un dolor inconcebible, de una angustia fulminante. Sin embargo, a tan desgarradoras sensaciones siguieron otras de paz que me llevaron a abrir las cortinas de mi ventana para husmear la efervescente luz de las estrellas.

A la mañana siguiente por el periódico conocí la noticia, *El ejército mexicano limpia de guerrilleros la Sierra Tarahumara*, decía con grandes letras. La nota explicaba que en Chihuahua había sido descubierto un campamento subversivo, y que luego de un enfrentamiento entre soldados y comunistas, varios guerrilleros heridos habían muerto entre los altos árboles de la sierra.

Hasta entonces pude descifrar mi dolor, que era el de Miguel cuando se desangraba. También sentí su miedo, pero sobre todo lo terrible y oscuro del momento, pude percibir su último pensamiento que, generoso, él me brindó como último regalo.

JURASILENCIO

SILVIAR

—Hoy es mi turno... —murmuró Martín tocándole un pecho al pasar.

—Shh... —dijo Eva, y se escurrió por el pasillo temiendo que alguien los hubiera visto.

Estar siempre atentos a lo que se decían y a lo que hacían, vivir esta doble vida la estaba cansando. Sí, desde este punto de vista sus amigas vivían más tranquilas, en relaciones transparentes. Pero la adicción a las noches con Martín era demasiado fuerte.

—Sos un pendejo, imberbe —le decía ella para molestarlo.

—A la noche no te importa, ¿eh viejita? —le contestaba Martín, murmurando las palabras y mirándola como con hambre.

Cómo puede este pendejo tenerme en un puño, pensó Eva sentada en la silla giratoria y mirando la pantalla. Abrió varios archivos, buscó información en la web. Modificó el formato de un documento, no podía concentrarse. *Mejor hago una pausa.* Cerró los ojos y relajó la espalda contra el respaldo de la silla, las voces a su alrededor desaparecieron.

No quería terminar la relación con Martín, era lo único que le gustaba de su vida. Mejor disfrutar mientras pudiera porque los meses pasaban veloces, se acercaba el momento de mudarse a otra ciudad para ir a la universidad. Por otro lado, no se imaginaba ni siquiera besando a alguien que no fuera Martín, el primero, el único.

—¿Vamos al agua? —le había preguntado Martín a la hora de la siesta, los ojos, verde claro, tan hermosos. Hacía mucho calor, los insectos estaban insoportables, ni una brisa movía los árboles.

—No tengo puesto el bañador.

—¿Y qué problema hay? —dijo Martín al sacarse el pantalón y quedar en ropa interior—. Yo tampoco.

Después del baño se extendieron sobre el pasto de la orilla, al sol, uno al lado del otro. Recordó la mirada de Martín como hipnotizado, mirándole los pezones erizados por el frío bajo el algodón de la remera. Cuando él se inclinó despacio y los besó con dulzura, Eva, sorprendida, hubiera querido alejarse, pero no se movió. Solo cerró los ojos, se abandonó a lo desconocido y tuvo sensaciones maravillosas que se irradiaron hasta su vientre. Fueron solo momentos. *Nadie tiene que saber*, pensó Eva.

—Nadie tiene que saber, "jurasilencio" —le pidió a Martín cuando abrió los ojos para mirarla.

—Jurasilencio —repitió Martín, que por Eva hubiera hecho cualquier cosa.

Eva supo que ya nada sería igual entre ellos.

Desde esa primera vez, cada día de ese verano lograron apartarse a orillas del río o en algún otro lugar aislado. Una gran atracción los obligaba a buscarse. En cada encuentro continuaron la exploración, el descubrimiento de los cuerpos y de las sensaciones que podían provocar el uno al otro. "Jurasilencio", repetía Martín al final de cada encuentro.

En los últimos tiempos, cada mañana Eva pensaba en la urgencia-necesidad de cortar con Martín lo antes posible. Durante el día, al verlo, al oler sus camisas o imaginar el pliegue de sus curvas debajo del pantalón, la idea le parecía absurda. Al acercarse la noche, ya le resultaba imposible.

Martín sabía que ella quería cortar la relación. Por eso, a cada pedido de una nueva experiencia, él murmuraba: "la agrego a la lista de pedidos". Una lista que no se terminaba nunca porque Eva seguía pidiendo y él, avaro, concedía solo una cosa por noche.

Nadie hubiera pensado que Martín, casi imberbe y con su aire tímido, fuera capaz de provocarle sensaciones únicas, moviendo apenas los dedos o usando la lengua como un ariete o como una onda gentil. Era un experto en demorar el placer, un tirano en determinar los tiempos del clímax. Las olas que generaba llegaban y se abrían en la playa cuando el maldito lo decidía. Eva se abandonó a las sensaciones de su cuerpo, sintió su humedad, el ansia por recibir la virilidad de Martín.

De repente la silla giratoria se movió, y Eva abrió los ojos, sin saber si el gemido que había escuchado había sido imaginario o real. Miró alrededor, no, nadie le había prestado atención. Miró el reloj, se reacomodó en la silla, trató de concentrarse en la pantalla. Necesitaba terminar algunas cosas. Después debía volver a casa, era tarde.

En el camino, anticipando la noche, decidió, sin decidir, que cortar con Martín era imposible, se dejaría llevar por las circunstancias. Lloraría cuando fuera inevitable, su cuerpo sufriría su ausencia, pero hoy tampoco podía cortar.

La ventana abierta de par en par dejaba entrar la brisa nocturna que movía las cortinas con impulsos irregulares. El viento hacía ruido al sacudir las ramas.

"Esperame con los ojos cerrados y en silencio. Hoy no podés hablar" había dicho Martín, y así estaba Eva. De vez en cuando contenía la respiración para escuchar mejor, y los latidos de su corazón le abrumaban los oídos.

Un crujido sosegado, el movimiento de la sábana y un lamido en un pezón. Eva contrajo el cuerpo. ¿Solo un lamido? Hubiera querido quejarse, pero no le estaba permitido.

Martín se deslizó en la cama y le transmitió el calor de su cuerpo. Eva entreabrió los labios en la espera de un beso de saludo que no llegó. Muy despacio, con firmeza, Martín la tomó de la cadera y la giró hacia la pared hasta que Eva quedó boca abajo. Martín le separó las piernas con una rodilla autoritaria. Así la inmovilizó aplastándola con su peso.

Su mano atrapó un pecho mientras deslizaba la otra bajando por la espalda, entrando en las redondeces hasta llegar al centro de Eva, ya húmedo. Al sentir este primer toque, Eva separó aún más las piernas y giró la cabeza buscando la boca de Martín para ahogar los gemidos. Martín la dominó con su peso y un golpe de pelvis y continuó acariciándola con suavidad.

La clandestinidad excitaba a Eva, amplificando las sensaciones. De repente sacudió la cabeza, *basta*. Un toque más y hubiera explotado. Pero ella no quería hacerlo sola, quería recibirlo, lo ansiaba, lo necesitaba. Era desesperante. Como de costumbre Martín controlaba la situación, empujándola por el abismo del placer una y otra vez, pero sin darle lo que ella quería.

El clic de un interruptor de luz y ruidos en el pasillo los congeló.

En un momento Eva se encontró sola, tanta fue la velocidad con la cual Martín desapareció de la cama y de la habitación. Eva quedó mirando hacia la pared, se tapó lo mejor que pudo con la sábana y se esforzó en aquietar su corazón, sus respiros.

Dos toques ligeros, la puerta de la habitación se abrió despacio, entró la luz del pasillo.

—Eva, ya estás durmiendo… perdoname….

—Hmm… ¿eh? …. ¿Qué?… ¿Qué pasa?

—Martín no está en su cuarto, es tarde. ¿Sabés a dónde fue?

—No má, no.

—Me preocupa… pero qué frío… cierro la ventana, eh.

—Sí, má, sí —dijo Eva, sabiendo que Martín ya estaba de vuelta en su habitación.

—Menos mal que no sos como tu hermano. Bueno, que descanses.

—Hasta mañana má…

—Hasta mañana.

LA FUGA DE MISHA

Laura Echevarría Román

Tocaba el piano con un virtuosismo fuera de este mundo. Sus manos largas y delgadas se deslizaban por el teclado, dando como resultado una cascada de sonidos celestiales. Las enfoqué con mis binoculares y me extasié admirándolas, imaginé que me acariciaban, sentí cómo recorrían mi espalda, como si mi columna vertebral fuera las teclas de un piano.

Su cuerpo se mecía con movimientos ondulantes, y de pronto atacaba con una fuerza y energía dignas de un guerrero al lanzar una estocada mortal. Cerré los ojos y me dejé llevar por esos laberintos de placer, mientras permanecía inmóvil en mi butaca del palco al que solía asistir, en el teatro del Palacio de Bellas Artes.

Los aplausos del público me sacaron de mi catatonia y abrí los ojos para verlo de pie agradeciendo al público. La emoción me embargaba al pensar que esa misma noche lo iba a conocer, pues gracias al periódico donde yo escribía logré conseguir una invitación al brindis en su honor.

Salí del teatro con otros periodistas y nos dirigimos al lugar de la reunión. Mi excitación iba en aumento al pensar que en pocos minutos iba a estar frente al artista que amaba tan solo con verlo de lejos y escuchar su maravilloso don.

Cuando apareció en la puerta de la estancia, todos los invitados aplaudimos con entusiasmo, yo sentí que el lugar se iluminaba con su presencia. Era muy alto y delgado, vestía de negro, lo que hacía que su tez extremadamente blanca se viera aún más pálida. Tenía los ojos azul agua que transparentaban una triste belleza. Los prominentes pómulos contrastaban con la pequeña barbilla; la fina nariz respingada le daba un toque extrañamente femenino a sus facciones. El cabello negro y rizado, que le caía en la frente, le daba el aspecto de un niño desprotegido, y parecía que su cabeza estuviera rodeada por un aura dorada.

A pesar de tener cincuenta años y haber vivido tantas experiencias amorosas, no podía comprender los sentimientos que me inspiraba este joven de apenas veinticinco. Me quedé inmóvil… disfrutando a lo lejos de su belleza. Un colega me sacó de mi trance para llevarme frente a Misha Grigorovich.

—Christopher Ayala de la Torre, es un honor —le dije.

—¡Señor Ayala! El honor es mío. Aprovecho la oportunidad para agradecerle sus amables palabras y las magnánimas críticas que ha escrito sobre mí.

—Lo que usted se merece, Maestro.

Al darle la mano sentí una corriente eléctrica que recorrió todo mi cuerpo, lo que provocó que me sintiera como un adolescente nervioso y torpe. No pude apartar mis ojos del hermoso joven durante el resto de la fiesta. Su personalidad era arrolladora, se movía con una gracia y soltura dignas de un bailarín de ballet, y cuando reía, su voz era como el sonido del agua cuando cae a un profundo pozo. Su cuello era más largo de lo común, lo que le daba una prestancia y elegancia que me fascinó. Ante mis ojos endiosados, solo le notaba un pequeño defecto: una espalda ligeramente jorobada, postura lógica a mi ver, de una persona dedicada a tocar el piano diariamente durante horas.

Al finalizar la fiesta me acerqué para despedirme, ansiaba volver a sentir el contacto de su mano.

—Me gustaría volver a verlo y tener la oportunidad de invitarle a comer —dije nerviosamente.

—Me encantaría, señor Ayala —y me tendió una tarjeta con su teléfono—. Llámeme, será un placer.

Esa fue la primera vez que tuve contacto con Misha, me sentía como un chiquillo entusiasmado. Yo estudié música y canto, pero mi voz de tenor no me alcanzó para las pretensiones que me forjé en mi juventud. La vida me fue llevando por muchos caminos, pero siempre dentro de la rama artística. Sin darme cuenta, me convertí en un crítico de música. Si bien dicen que los críticos de arte somos artistas frustrados, yo nunca lo consideré así. Yo miraba mi trabajo como un placer.

Dejé pasar unos días y me atreví a llamarlo. Me contestó una mujer, al parecer su secretaria. Después de minutos que me parecieron horas, escuché su voz en el auricular. Mi mano sudada se apretó al teléfono. Quedamos en tomar un café al día siguiente.

No se presentó solo, llegó acompañado de tres personas. Su novia, Susana Ibargüengoitia, una chica de sociedad muy culta y elegante. Su agente, una señora ya entrada en años, mujer agradable y con muy buena plática, y un joven estudiante de piano, también pálido y delgado, que permaneció en silencio todo el tiempo. Al final de la reunión nos despedimos afectuosamente. Yo sentí que habíamos creado un lazo, y quedamos de volver a vernos en las próximas semanas. A partir de ahí construimos una amistad cada vez más estrecha. De tomar un café de vez en cuando, pasamos a la comida que hacíamos religiosamente una vez a la semana para después frecuentarnos casi a diario. Tardes acompañadas de copas de coñac escuchando a Brahms, Mozart, Schubert y Tchaikovski, interpretados por Rubinstein, Ashkenazi y Horowitz, alimentaron mi espíritu. Misha, a pesar de ser tan joven, tenía una gran cultura, y era capaz de hablar sobre cualquier tema: literatura, pintura, filosofía, religión, política y por supuesto música.

Misha vivía en un lujoso departamento en una elegante zona de la ciudad. Tenía un gusto exquisito, le encantaban las antigüedades y la pintura. Aunque vivía solo, siempre había gente a su alrededor, bien fuera la mucama, la secretaria o algún estudiante de piano, además de sus tres gatos siameses, que se turnaban para treparse en su regazo mientras platicaba; era un deleite ver esas manos largas y maravillosas moviéndose al acariciarlos sensualmente. Hubiera podido pasar horas observándolas.

También charlábamos de viajes y experiencias vividas. Misha provenía de una familia rusa que hacía muchas generaciones había llegado a México. Su padre, fallecido hacía algunos años, había sido médico, y su familia tenía una posición acomodada. Sus prósperos negocios les brindaron la posibilidad de vivir no solo desahogadamente sino con lujos. Su madre sufría de Alzheimer y vivía en la casa familiar con una hija que la cuidaba.

Después de un tiempo, me empezó a parecer sospechosa la relación que tenía con su novia. Si bien Susana era su acompañante para actos públicos y sociales, nunca le vi tener un acercamiento amoroso con ella. Era como una figura que lo adornaba, nunca noté que la abrazara o la tomara de la mano. Un día le pregunté abiertamente si la amaba y si tenía planes de boda con Susana, a lo que vagamente me respondió:

—Claro que la amo, tal vez un día nos casemos, no lo sé.

Deseaba convencerme de que Misha tenía otras inclinaciones, por lo que no perdía la esperanza de que algún día me aceptara como su compañero sentimental. Una tarde, aprovechando que estábamos solos, le hablé abiertamente sobre mis preferencias en el amor. Si bien yo había estado casado, me gustaban los hombres y las mujeres por igual, no era el género lo que me importaba sino la persona en sí. Misha me miró con ojos sabios y asintió con la cabeza en silencio, pero no pude sacarle ninguna palabra o gesto que expresara sus sentimientos hacia mí. Yo no quise insistir en el tema y decidí esperar.

Habían transcurrido ya algunos meses desde la primera vez que nos vimos cuando Misha me invitó a ir a la gira artística que haría por Europa. Él daba conciertos por todo el mundo y acostumbraba llevar consigo a todo un equipo de trabajo e invitados. Era espléndido con el dinero, pues siendo un artista muy cotizado cobraba jugosos honorarios por sus presentaciones. En esta ocasión viajaríamos con su agente, una secretaria, un pupilo, su psicóloga y yo, en calidad de corresponsal artístico. No podía contener mi emoción, e inmediatamente conseguí el permiso del periódico para cubrir las reseñas de los conciertos durante la gira del maestro Grigorovich.

La serie de presentaciones serían en París, Londres, Budapest, Praga, Roma y Venecia. Me sentí afortunado, pues a pesar de haber viajado bastante, esta vez sería al lado del genial concertista. Yo esperaba conquistar su espíritu y su amor durante el viaje.

Sin embargo, acercándose ya el final de la gira, él se mostraba igual que siempre conmigo. Era como un niño genio al que le encantaba que yo lo admirara.

Una tarde en Venecia, después de una deliciosa comida de pasta, mejillones y vino blanco, regresamos los dos solos al hotel donde nos hospedábamos frente a la playa del Lido. Subimos a mi habitación para escuchar la última grabación de Misha: los conciertos primero y segundo para piano y orquesta de Brahms. Ordenamos una botella de coñac y nos tiramos en un sillón a deleitarnos con la música. Al terminar el disco compacto, abrí los ojos y noté que Misha me miraba fijamente.

—Tengo que contarte un secreto, Chris, pero antes júrame que nunca le dirás a nadie lo que te voy a revelar.

—Por supuesto, Misha —le dije sorprendido y lleno de curiosidad.

—Cuando yo nací, mis padres se alarmaron al notar unas pequeñas protuberancias en mi espalda. Mi padre decidió extirparlas él mismo, pero poco tiempo después volvieron a aparecer.

Misha me contó que alguna vez, siendo niño, estas protuberancias habían crecido convirtiéndose en unas pequeñas alas. Se dio cuenta entonces de que podía moverlas, e hizo varios intentos para elevarse del suelo, logrando despegar diez o quince centímetros. Poco le duró el placer porque su padre realizó otra vez la cirugía. Así sucedió en varias ocasiones hasta que el padre murió.

Yo le escuchaba con la boca abierta y casi sin respirar para no perder ningún detalle. La historia que me contaba era totalmente inverosímil, y llegué a temer por su salud mental. En ese momento fui consciente de que hiciera calor o frío él nunca se quitaba el saco, y observé la bella pero extraña figura encorvada que tenía enfrente de mí.

Como si leyera mis pensamientos, se quitó el saco, la camisa y un corsé de malla de lycra que llevaba fuertemente ceñido al torso, y desplegó ante mí dos alas atrofiadas. Una enorme tristeza se apoderó de mí, y todo el amor que sentía por él se derramó en ese instante. No pude contenerme más y comencé por acariciar lentamente sus alas desvencijadas, que al tacto eran suaves… plumas viejas, grises y negras. Algunas blancas recién nacidas cubrían los cartílagos. Él permaneció estático y cerró los ojos mientras echaba la cabeza hacia atrás. De vez en cuando movía las alas ligeramente.

Lo besé en los labios. Entonces, él abrió los ojos y me miró, y pude percibir desde el fondo de sus ojos un deseo contenido.

Lo desnudé poco a poco a pesar de la ansiedad que me embargaba. Su cuerpo blanco y delgado tenía la apariencia de un ser ambiguo, los músculos de sus brazos y piernas eran femeninos, suaves y alargados. Carecía por completo de vello. Poseía dos minúsculas mamas de mujer y su sexo era masculino, pero extremadamente pequeño. Lo abracé con ternura desbordando deseos reprimidos. Como si adivinara mi pensamiento, me acarició el centro de la espalda con su mano derecha. Yo sentí que iba a morir de placer.

A la mañana siguiente, cuando abrí los ojos, me encontré con una sonrisa incierta. Sus ojos ahora tenían el color del mar al atardecer. Esa mirada me cohibió, reflejaba años de sabiduría y experiencia, y entonces recordé que cuando lo conocí pensé que yo era un hombre maduro y él un joven. Ahora parecía al revés, me sentí frágil e inferior. Sin saber por qué, una terrible sensación de miedo me invadió.

Abrazándolo dulcemente, acaricié sus oscuros rizos y le hice prometer que llegando a México buscaríamos a un cirujano de confianza. Temblé al pensar que su condición se volviera pública y que el morbo de la gente dañara a Misha. Pero mi terror más grande fue que se le ocurriera utilizar las alas.

Todavía faltaba una última presentación antes de regresar a México. Como era su costumbre, los días que tenía concierto se la pasaba encerrado sin apenas probar bocado, sin pronunciar palabra y solo moviendo los dedos como si tocara un piano invisible. Me pidió que lo dejara a solas y yo, comprendiendo su necesidad de concentrarse, salí a dar un paseo por la playa.

A pesar de sentirme inmensamente feliz por haber obtenido el amor de Misha, me invadía una tremenda preocupación por su anormalidad. Entendí por qué había volcado todo su ser en la música y me sentí halagado por haber podido acercarme a esa alma maravillosa.

Sentado en una silla de lona, me puse a contemplar el mar, y entonces me vino a la memoria la historia de El Libro de Enoc: los doscientos ángeles que Dios mandó a la Tierra a ayudar a los arcángeles a construir el paraíso. Se llamaban Grigori. Eran una legión de seres espirituales a quienes los sedujo el orgullo, la envidia y la lujuria, y que tuvieron relaciones sexuales con las hijas de Adán. A sus descendientes se les llamó Nephilims o Gigantes, y fueron erradicados de la Tierra durante el diluvio universal, como un castigo divino a esos ángeles rebeldes y a sus mujeres humanas.

Me levanté y tomé el camino de regreso al hotel. En la playa casi totalmente desierta me detuve un momento para mirar al cielo. La tarde se hacía vieja y el sol bajaba hacia el horizonte. Un viento helado me hizo tiritar y sentí cómo el cabello se me erizaba. De pronto lo vi: estaba de pie en la azotea del hotel, desnudo y con las alas extendidas.

Misha miraba fijamente a la distancia, sus rizos ondeaban con el viento. Alcancé a ver la expresión de su cara: la barbilla echada hacia delante en actitud decidida y una sonrisa de felicidad que iluminaba su cara.

Flexionó las rodillas y saltó al vacío. Sus anquilosadas alas se movieron trabajosamente y por un instante creí que iba a caer, pero logró tomar altura. A través de las nubes pude ver a un ángel dorado surcando el cielo. Voló adentrándose hacia el mar. Permanecí estático, sin poder moverme y conteniendo el aliento.

De pronto lo vi caer en picada hacia el mar, como una chispa después de estallar un fuego artificial.

Me quité los zapatos y lo que pude de ropa mientras corría hacia el agua. Nadé y nadé sin parar hasta que dejé de sentir los brazos y las piernas, lo buscaba a través de las lágrimas que empañaban mis ojos. Entonces, escuché gritos que me llamaban. Un mozo del hotel llegó nadando hacia mí y me arrastró hacia la playa, mis sollozos apenas me permitían tomar aire.

Toda búsqueda fue inútil, no fue posible recuperar su cuerpo. Aunque la tristeza me doblaba, fui capaz de dar mi versión a la policía: el maestro Grigorovich estaba nadando y se lo llevó la corriente mar adentro. No pude alcanzarlo.

¿Despertando o creyendo despertar?
Te amo más allá del tiempo.

VIAJES ONÍRICOS

Ligia Urroz

Yacía luminosa, su cuerpo irradiaba una luz tenue, electrificada. Era la visión de la mujer más bella que hubiese visto jamás. Mientras dormía, yo podía percibir el sube y baja acompasado de su respiración. Entre sus senos brillaban imperceptibles gotas de sudor. Con la boca carnosa y apenas abierta, dormía en calma. Podía bebérmela con los ojos, hacer un mapa de su cuerpo, contar las constelaciones de lunares, velarla y cuidarle ese momento perdido de conciencia. Lo que yo no podía ver eran sus sueños, esos que la transportaban a lugares de donde ella regresaba con las huellas de lo vivido: huellas físicas y emocionales que a mí me causaban exaltación y terror al mismo tiempo.

El enigma de su presencia me enloquecía, con ella traspasaba umbrales, vivía experiencias que rayaban en viajes místicos.

Nos conocimos después del segundo concierto del tour. Al terminar de tocar, nos reunimos toda la banda en la sección reservada para nosotros en uno de los bares de moda. Entramos por una puerta escondida e inmediatamente sentimos el golpe de la música en todos nuestros órganos. Luces de colores giraban a nuestro alrededor, servían *gin and tonics*, todos reíamos y comentábamos las anécdotas del concierto que acabábamos de tener. Alma tenía gafete de prensa, pero en esta ocasión acompañaba a una amiga que salía con Roy, el baterista. Vestía unos jeans a la cadera, chamarra de cuero café y traía una bolsa que colgaba atravesada de un hombro y pasaba por en medio de sus senos, el delineador de sus ojos le daba una mirada *smoky* y provocativa que hacía juego perfecto con la carnosidad de sus labios. Desde niña, Alma tenía la particularidad de conectar inmediatamente con la música, sus estados de ánimo siempre se regían por lo que escuchaba. Todas sus actividades latían a un ritmo predeterminado. Siempre que escuchaba una canción que le gustaba, inmediatamente se distraía de cualquier conversación o actividad y se dejaba poseer por la armonía. Vivía por momentos en esferas de melodías que la apartaban del mundo real. Justo en el momento en el que nos presentaron empezó a sonar *When I see you smile* de Bad English. El inicio del teclado marcó la pauta del origen de su sonrisa, un horizonte sensual que se extendía, reforzado por una mirada eléctrica. Había en ella un campo magnético que me atrajo irremediablemente. Al empezar el coro de la canción ya los dos sonreíamos francamente, y al llegar al solo de guitarra ella cerró los ojos por unos instantes, perdida en una de sus esferas musicales, en la cual yo estuve dentro. Ocurrió que ella entró a una dimensión sin palabras. No pudo ni quiso explicármelo. Yo tampoco quise entenderlo ni preguntárselo. Charlamos de nuestras aficiones y adicciones, yo le conté que era un guitarrista obsesivo y perfeccionista, que practicaba por horas hasta no cometer ningún error, aunque, irónicamente, en otras dimensiones de la vida padecía síntomas de déficit de atención. Le dije que era supersticioso, hipocondriaco y con inclinaciones a la ansiedad. Que me costaba trabajo asumir mis fallas y me encantaba ser el centro de atención. Le conté que estaba consciente de que no quería ser una estrella de rock ególatra ni perder el piso, y que pretendía tener los pies bien puestos sobre la tierra. Por alguna razón quise contarle todo, me hacía sentir en confianza, como si la conociese de años.

Alma era periodista. Escribía artículos relacionados con el mundo de la música, entrevistaba a gente del medio y, debido a su capacidad para generar opiniones y reacciones por dichos temas, era toda una *influencer*. Tenía contratos con varias revistas que la mandaban seguido de viaje a buscar la nota. Era una mujer inteligente, seductora y sobre todo misteriosa. Cuando terminó el concierto y Delia la invitó al bar, sentía la libertad de pasarla bien sin estar preparando preguntas o entrevistas para los miembros de la banda. Gozaba de esos momentos en los cuales acudía como invitada y podía relajarse y beberse algunos tragos. Ella se decantaba por el merlot, pero ese día se conformó con un *gin and tonic*.

De pronto me dijo que tenía que terminar un artículo y que no podía desvelarse. Quedamos en comer temprano al día siguiente ya que la banda se marchaba por la noche para continuar con el tour. Al despedirse, lo hizo con un abrazo lento y prolongado, apretado y necesitado. Su cabeza me llegaba justo al cuello y ella me inhaló. Podría decir con seguridad que se sentía cómoda oliéndome y que no quería marcharse. Yo sentí su pecho apretarse a la parte superior de mi abdomen y tuve que contenerme para dejarla ir.

Después de nuestra primera charla tuve la sensación de que la conocía de hacía mucho tiempo, y supe que era la continuación de algo que había quedado inconcluso.

Esa noche no pude dormir, percibía un desasosiego emocionante. Recordé cuando estudiaba en Berkeley y tenía que presentar un examen, me sentía muy inquieto. Nos quedamos de ver a la una de la tarde en un restaurante griego que coincidentemente nos gustaba a los dos. Como siempre, mi asistente reservaba mesas discretas para poder comer sin interrupciones. Llegué cinco minutos antes de la cita, me gustaba ver entrar a mi pareja y estudiar sus reacciones corporales. Alma llegó puntual. Estaba radiante, desprendía luz. Algunas personas a su alrededor también lo notaban y siempre la volteaban a ver. Ella pasaba impávida y sonriente. Vestía unos jeans azul intenso y una blusa blanca de seda que se moldeaba a su figura. Tenía el pelo recogido en una cola de caballo alta. Me besó la mejilla y la noté ruborizarse. Estuvimos platicando largo y tendido de las otras bandas, de los discos que acababan de sacar, de si le gustaba o no el sonido de tal o cual guitarrista. Caí en la cuenta de que tenía un oído musical muy especial. La plática de la noche anterior se había decantado por el lado personal, y esa tarde la conversación giraba en torno a nuestra pasión por el mundo musical. Cuando uno nace con la música en el ADN no hay forma de que no permee en todo lo que dices o haces. Tuvimos una larga sobremesa, yo no quería partir.

Al rato saldremos a la carretera y me dará nostalgia pensar en que la tarde estuvo llena de ti. ¿No podrías entrevistar a la banda y vernos en los próximos conciertos? le dije casi rogándole.

Seguro que sí. Me encantará conocerlos más y descubrir cómo se llevan entre ustedes. Hay bastante química y eso se nota en el escenario. Ese disfrute lo vivimos y lo agradecemos los espectadores.

Nos despedimos en la puerta, y antes de que ella subiera al taxi la besé en la boca. Un beso corto y mordido que encendió mi sistema eléctrico y me dejó perturbado.

Cuando nos vimos una semana después, la banda estaba preparada para su sesión de prensa. Alma sería la última en entrevistarnos para que pudiésemos platicar un poco más de los tiempos establecidos a los demás reporteros. La entrevista fue en el camerino. Ella entró y noté que todos estaban encantados de verla. Era una profesional, había estudiado los perfiles de todos y hacía preguntas inteligentes.

Era sagaz y parecía que intuía las respuestas. Al cabo de un rato, nos preparamos para salir al escenario.

Alma, te quiero cerca en el concierto, le dije poniéndole las manos sobre sus hombros.

No me lo perdería por nada. Ya tu asistente me dio un boleto. Estaré justo frente a ti.

Al terminar podemos tomar una copa.

Tengo algo que platicarte. Me dijo.

El concierto se extendió. El público no dejaba de gritar y aplaudir. Salimos de escena, me cambié en el camerino y nos fuimos a un piano bar muy tranquilo con una vista impresionante de la ciudad. Pedimos una botella de tinto y ella me dijo: te soñé. Nunca creí que sus sueños adquirieran matices tan reales.

Antier, antes de dormir estaba escuchando *power ballads*, soy fanática del rock ochentero. Supongo que me quedé profundamente dormida en *Is this love* de Whitesnake porque en el sueño te vi tocándola. Recuerdo que te acercabas en el "hold on me" y empezaba el solo de guitarra. Las notas eran una conversación que entendíamos a la perfección. Estábamos hablando otra lengua.

¿Antier dices? ¿Estás segura?

Sí, fue antier. ¿Por qué lo preguntas?

Es que antier pasó algo muy extraño. Entre el público me pareció verte.

¡Qué raro! Entonces sí tocaste *Is this love.*

Sí, la tocamos.

Brindamos por la coincidencia.

Pete, mi asistente, le había reservado una habitación en nuestro hotel. Nos marchamos del bar y terminamos en su cuarto. Por supuesto, él ya se había encargado de arreglar la habitación con flores y había puesto a enfriar una botella de champagne junto con unas nueces y frutos secos.

¿Qué quieres tomar guapa?

Esas burbujas me caerían muy bien.

Conecté mi celular en las bocinas de la habitación y puse a Stevie Ray Vaughan. En el momento en el que empezaron las primeras notas de *Texas flood* sentimos una corriente potencializada. La fusión de blues y rock de Stevie es extremadamente sexy, y fortalecida con la mirada de Alma era una dosis de placer. Ella podía leerme por completo. Nos besamos largo y profundo haciendo pausas para que las burbujas estallaran en nuestras bocas. Me senté en la silla del mueble escritorio lanzándole una mirada fija y ella se sentó de frente sobre mí, y apretó sus piernas alrededor de mi cintura y el deseo me inflamó. Abrí su blusa mientras ella tiraba de mi camisa. Alma era de proporciones armónicas, discretas y perfectas. De músculos firmes que me daban órdenes de cómo darle placer. Supo conducirme a su gozo y la aprendí de inmediato. La levanté de la cintura y suavemente la dejé caer en la cama. Su perfume natural era hipnótico. Descubrimos una química salvaje. Desabroché sus jeans y los deslicé rápidamente. Cada movimiento nuevo confesaba una urgencia mutua, el grito de nuestros poros queriendo ser tocados, lamidos y olidos por el otro. Deslicé mi mano en sus labios y descubrí un río caliente y caudaloso, yo me encontraba totalmente cegado. Experimenté sensaciones nuevas, inventé acordes mayores que quise tocar en la partitura que me revelaba su piel. La poseí entre notas, gemidos y gritos. Nos descubrimos en el mismo compás y estábamos perfectamente armonizados. Caímos rendidos por el placer y el cansancio. No sé cuántas horas pasaron, pero desperté en la oscuridad, y al descubrirme abrazado a su espalda volví a tener una erección vigorosa. Ella me sintió y frotó sus nalgas contra mi sexo. De nuevo sus labios se ofrecieron acuosos y abiertos. La penetré sin dejar de abrazarla por la espalda mientras mi mano izquierda le apretaba un seno y mi mano derecha tocaba su clítoris erecto. Era mi instrumento, y quise lucirme para ella. Sus aplausos eran cascadas en las cuales resbalaban mis dedos. Volvimos a rendirnos en el sueño y nos hallamos en una playa tibia, tirados el uno al lado del otro, escuchando el compás del ir y venir del agua. Al despertar pensé que ella me había contado su sueño. Es de locos pensar que en realidad podemos encontrarnos en otra dimensión.

Desayunamos en su habitación, entre risas y miradas lánguidas. Habitando uno dentro del otro. Creando una permanencia que iría *in crescendo*. La poseí de maneras inéditas, la bebí hasta secarla, la recorrí hasta sabérmela de memoria.

Tuvimos varias experiencias extrañas. Las veces que nos quedábamos dormidos después de hacer el amor nos encontrábamos en sueños. Una vez ella volvió con arena en los pies.

Tengo sentimientos encontrados, le dije. Por un lado estoy encantado con el tour, pero por el otro quisiera estar todo el tiempo contigo. Prométeme que nos veremos muy pronto.

Te lo prometo.

¿Cuándo podrías alcanzarme de nuevo?

Me parece que en una semana y media tendré un par de días y podré viajar a la ciudad donde se encuentren.

En un mes volaremos a Europa.

Ya planearemos algo. Me gusta Europa.

La despedí en la entrada del hotel.

Subí a mi cuarto y pude revisar los mensajes y llamadas perdidas. Uno de ellos era de Pete, mi asistente, para avisarme que tendríamos una reunión previa a la comida. Para nuestro *manager* era imperativo tener una sesión de retroalimentación con la banda y los ingenieros de sonido. Al terminar los temas relacionados con el trabajo, me hicieron bromas acerca de Alma, "la chica de luz". Más tarde me tomé unas cervezas con Roy y le confesé que me estaba enamorando perdidamente de ella.

Me trae loco esa Alma.

Es una mujer muy sexy y bastante inteligente. Me contestó Roy.

Además de eso, es una mujer muy especial. Tiene algo que no puedo explicarte. De pronto siento como si la conociera de hace muchos años. Es como una conexión psíquica. ¡Bah!

Te estás enamorando.

Nos recogió el autobús de la banda en la puerta del hotel, me acomodé en una ventana, me puse mis audífonos y me perdí en el *Blues deluxe* de Bonamassa. Cuando sonó *Woke up dreaming* tuve una visión de Alma viajando en un auto descapotable, su pelo bailaba al viento y ella se amarraba una pañoleta en la cabeza. Cuando nuestras miradas se cruzaron ella sonreía y me decía adiós con la mano, y su figura se alejaba rápidamente, como en un efecto de zoom hacia atrás. Desperté con taquicardia. Le marqué de inmediato y me mandó a buzón. Hice varios intentos.

Alma por fin contestas.

¿Qué pasó? Me dijo extrañada.

No lo sé. ¿Qué hacías?

Escribía un artículo de la banda Afrodita. No sé si supiste, pero tuvieron un accidente reciente en un *road trip* y sus fans quieren saber cómo siguen. ¿Por qué lo preguntas?

Es que te pensé o soñé en un automóvil y me decías adiós. Ya no sé cuándo sueño o cuándo de verdad pasan cosas.

Tranquilo. Ahora entiendo por qué me dijiste que eras muy ansioso. No te preocupes. Nos vamos a ver de este concierto al otro. Es una promesa.

Muero por abrazarte.

Yo también.

El siguiente concierto fue en un estadio. Me faltaba Alma. Fue la primera vez que ella experimentó un desdoblamiento real. Como era nuestra costumbre, tocamos nuestro *"medley de covers"* de homenaje. Esta vez le tocó el turno a Roger Waters. Nos decantamos por *Sexual,* una canción del disco 4:41 AM (*Sexual Revolution*). Al principio de la canción, la guitarra se asoma con timidez, es una especie de mirada clandestina que da inicio a un viaje sexual musical. Luego reina una pausa que origina el solo, allí es cuando la guitarra finca su presencia y se convierte en la protagonista de un encuentro sexual explosivo con una carga violenta de sensualidad. Suenan unos rayos que detienen y delatan lo que sigue, que es una pared de gozo, un orgasmo que culmina en el vértigo de un abismo. Y luego vuelve la calma… Una calma parecida a un abrazo. Así podría describir esa canción. Así la sentí cuando la toqué en el estadio. Me sumergí en una burbuja y, cuando volví en mí, el público estallaba en gritos y aplausos. El resto de la banda me felicitó y noté sus rostros sorprendidos. Roy me dijo que había sido la mejor interpretación que jamás había escuchado de *Sexual.* Alma, no estando presente, la vivió en carne propia. Tuvo una visión que se manifestó en algo sensorial. Al terminar el concierto recibí su llamada.

Ed te soñé. Me mirabas profundamente. Recorrías de manera furtiva con tus ojos mi cuerpo. Esas miradas eran descargas eléctricas que me conducían a un viaje extremadamente placentero. Me abrazabas sin tocarme. Conducías en mí latigazos de placer. De pronto paraste, pero sabía bien que la pausa era para que te pidiera más. Jugué tu juego. Tuvimos un encuentro inminente, pleno, de una sensualidad exquisita, sin que pusieras una mano sobre mí. De pronto, me sobresaltaron unos truenos, afuera llovía con demencia, pero mientras más arreciaba la lluvia, más fuerte sentía el camino al orgasmo. Era una caída libre, sin freno. Me deslizaba en un vértigo de gozo que terminaba en la *petite mort*. Al acabar me sentí abrazada, susurrabas algo en mi oído, palabras indescifrables que terminaron por calmarme. En mi mente sonaba *Sexual* de Waters. Olí tu semen, y aunque suene ridículo, se deslizó entre mis piernas…

Me quedé helado.

Era el día de su llegada. Fui por Alma al aeropuerto, aterrizaba en el vuelo de American Airlines de las 11:11 de la mañana. La recogería, iríamos a comer y luego me acompañaría a la Arena donde tocaríamos esa noche.

Había acordado con Pete que me asignaría un chofer para que me acompañara toda la mañana. Salí del lobby a las 10:30, después de haber hecho un poco de jogging y de haber desayunado algo muy frugal. Por lo general, los días de concierto comía con medida para sentirme ligero.

Al llegar a la terminal esperé en la puerta por donde saldrían los pasajeros del vuelo. Esperé hasta que saliera el último y Alma no aparecía. Tomé mi celular para llamarle, pero su contacto estaba borrado. Pensé que era una falla técnica de mi teléfono. Me acerqué al módulo de servicios al cliente de la aerolínea y pregunté por ella. No la tenían registrada. Esperé otro rato pero nunca apareció.

Le marqué a Pete para que me comunicara con ella.

Hola Pete, estoy en el aeropuerto recogiendo a Alma, pero no llegó en este vuelo, tal vez puedas comunicarme con ella. Le dije de manera acelerada y nerviosa.

¿En dónde estás y a quién fuiste a recoger? Me preguntó Pete con extrañeza.

Que estoy en el aeropuerto. Vine a recoger a Alma.

¿De quién me hablas?

De Alma.

¿Ed te sientes bien?

Creo que no. Necesito hablar con Roy. Colgué y le marqué a Roy.

Hola Roy. Vine al aeropuerto por Alma pero no salió de la terminal, ¿le puedes preguntar a Delia si sabe algo de ella?

¿Quién es Alma?

Alma, mi novia, de la que hablamos, la chica de luz, la amiga de Delia.

No sé de quién me hablas Ed.

Estoy en una casa que da a un jardín muy bonito. Está lleno de plantas y árboles. Se escuchan pájaros y el sonido de las hojas cuando las mece el viento. Viene alguien vestido de blanco y me lleva a dar un paseo. Es una persona agradable que me platica del clima y me dice que me ve mejor. No sé muy bien cómo llegué a ese lugar. Busco en los archivos de mi memoria y no logro recordar ciertas cosas. Me dicen que tuve un colapso nervioso pero que pronto pasará y que volveré a mi vida normal, que por lo pronto debo descansar y reponerme.

Regreso a mi habitación. Hay un mueble con un tocadiscos y varios vinilos. No me había percatado que estaban allí. Tal vez son míos, no podría asegurarlo. Recorro con la yema de mis dedos los

títulos y me detengo en 4:41 AM (*Sexual Revolution*) de Roger Waters.
Saco el disco y vuela una fotografía. Es una mujer hermosísima, viste de blanco con un hombro al desnudo, está sentada en una playa donde no se ve persona alguna. En la parte de atrás de la fotografía está escrito con letra redonda y clara lo siguiente:

Me quedé con las caricias que escribiste en mi piel
Con aquellos versos que anotaste una tarde en mi espalda
Con el enigma de tu mirada y los besos fugaces que dejaste en mi pecho

Te llevo en mis pliegues, en mis sueños
En las historias que le contaste a mis paredes
En la dicha de mis adentros, tu sabor en mi boca

No estás contigo porque le perteneces a mi piel
Y tu permanencia en ella es asunto mío

Ya no eres de ti sino de mí
Que no hago más que soñarte... por siempre

Tuya,
Alma.

LLUVIA DE AMOR

Isabel Jiménez Cerros

Ese día harían el amor, pero no era un día como los otros. Ese día se despedirían y no sabían si volverían a verse. Luciana se puso ese vestido que tanto le gustaba a Gaspar y omitió la ropa interior, auto provocándose un estado corporal de alerta, que la mantenía al filo de la excitación. Le encantaba sentirse desnuda para sí y burlar las normas de recato de la hipócrita sociedad costarricense. Tomó el bus en la Universidad de Costa Rica y se sentó, como siempre lo hacía, frente a la puerta de salida (medida de seguridad muy bien aprendida, por si había que salir corriendo). Pasaron frente a la Librería Club de Lectores, propiedad del padre de Gaspar, ubicada al mero frente de la biblioteca de la U y, mirando a través de la ventana, rememoró las veces que hicieron el amor en la bodega de la librería. Se le escapó una sonrisa suspirada al evocar aquel ritual absurdo de formar una cama con los libros, y que ahora encontraba incómodo e inútil, pues al final, entre tanto movimiento, los libros salían volando, y más de alguno terminaba obligatoriamente escondido para que se secara y no delatara las extensas jornadas de amor entre ellos.

Él la esperaba en una cabañita que había en el patio de la casa de sus padres. Con emoción preparó una bandeja con dos vasos de jugo de mango y jengibre, el preferido de Luciana. Agregó el cenicero con forma de pescado con la boca abierta, que siempre los acompañaba en sus noches de erotismo, un paquete de cigarrillos Belmont y un poema escrito a mano en un volante político que convocaba a la insurrección final.

Ese fue el refugio que los cobijó por última vez. Allí quedó aprisionada la intensidad de aquella despedida. No había llanto, ni angustia; estaban absolutamente seguros del triunfo, se sentían dueños del mundo y lo único que les preocupaba en ese instante era amarse. Decidieron que ese día se saborearían, que tendrían que encontrar las palabras que pudieran describir el sabor de la risa, de los pies, de los escondidos lugares, que quizá por escondidos, eran los que más sabor tenían. Ella mojó sus labios con el jugo de mango, facilitando el desplazamiento de su boca por el pecho desnudo de Gaspar y besando milímetro tras milímetro. Llegó allí… a ese centro donde una escultura se adelanta a recibirla, con la potencia de lo masculino preparándose para enfrentar la muerte. Frotó contra sus mejillas la copa de aquel árbol seductor que le crecía desde su vientre, la sensación le pareció exquisita. Como brocha de maquillaje la pasó por todo su rostro y aspiró fuerte para que el olor le llegara directo al cerebro y dilatara sus fosas nasales, prolongando aquel placer de sentir cómo la invadía ese olor agridulce, generando una violenta excitación animal. Su lengua estaba en un estado de desesperación total. Lo único que quería era salir de su boca buscando con anhelo el delicioso contacto con aquella piel suave y aterciopelada que se erguía y se movía, mostrando su calidad de macho listo para derramar el amor que le sobraba para compartir con el mundo. Sentía la urgencia de plantar aquel árbol amado en sus entrañas y que su savia translúcida la irrigara, confundiéndose con las gotas de humedad que le brotaban, bañándolo y envolviéndolo hasta terminar los dos empapados y olorosos a naturaleza después de una deliciosa tormenta tropical. Esa fue la última vez que lo vio, antes de que la noche lo secuestrara para siempre.

Lo conoció en 1976, en esa librería que quedaba frente a la Universidad de Costa Rica, donde ella estudiaba Sociología. Era impresionante lo que Gaspar generaba en Luciana. Lo veía y su vida pasaba a ser una imagen repleta de misterios, no le importaba nada más que su mirada cuando él aparecía. Se enamoró leyendo los poemas que Gaspar le escribió a su exnovia nicaragüense, quizá porque deseaba profundamente que alguien la amara de esa manera descrita en aquellos hermosos versos de amor. Se preguntaba repetidamente si ella sería capaz de conquistar el corazón valiente de ese poeta guerrillero, que la hacía contemplar la posibilidad de renunciar a su partido y enrolarse en la lucha nicaragüense.

La administradora de la librería, Rosita, le aseguró que ella le gustaba a Gaspar. Frente a aquella afirmación su corazón empezó a latir emocionado y no podía creerlo. Le pasó algo muy impresionante, ya que a partir de ese día no podía concentrarse en nada, no podía estudiar, no ponía atención en clase, no comía, no dormía, literalmente se enfermó de amor. Después de largos días, Rosita le anunció que tenía un mensaje de Gaspar;

—Dice que quiere verte mañana para entregarte un regalo.

—¿Un regalo para mí, Rosita? —le preguntó absolutamente emocionada.

—Sí Luciana, para vos —le contestó con una amplia sonrisa de Celestina, y la abrazó diciéndole al oído: —¿Viste que era cierto lo que te dije?

Al día siguiente se levantó ansiosa. Se encontraron en la librería y salieron a caminar por los alrededores de la ciudad universitaria. Gaspar le entregó un fólder con versos que le había escrito como registro de lo que sentía por ella. Mientras los leía, lloraba henchida de felicidad:

La gente no me cree y piensan que sos
Una más de mis aventuras para olvidar,
Cuando lo único que quiero es
Inventar puentes y caminos que
Acerquen nuestras miradas a
Nicaragua, para que juntos
Alboreemos ese nuevo día que está por llegar

Iniciaron un noviazgo intenso, a sabiendas de la militancia de ambos en organizaciones clandestinas que planteaban la toma del poder por la vía armada.

El día que decidieron hacer el amor, fue un verdadero drama… Gaspar fue el primero que desató tormentas en el cuerpo de Luciana, y por eso tenía mucho miedo y no lograba excitarse. Cada vez que Gaspar intentaba penetrarla, ella se desplazaba hacia arriba hasta que se caía de la cama. Después de varios intentos frustrados, decidió que ese día aquel maldito himen tenía que ser desflorado, aunque se desangrara allí mismo. Escondió debajo del colchón la culpa, los posibles reproches de su madre, las interminables prédicas acerca de la pureza de su profesora de religión y el dedo acusador de la sociedad que etiqueta el disfrute sexual femenino como putería. A la mierda con toda la estupidez, se dijo, y miró por primera vez la desnudez de Gaspar: ¡Qué hermosura!, pensó. Nunca antes había visto a un hombre desnudo y descubrió que estéticamente era precioso. Empezó a amar también el cuerpo de ese hombre que la hacía llorar de ternura con sus poemas, que la hacía vibrar con sus miradas y su sonrisa impregnada de convicciones guerrilleras. Entonces nacieron las caricias mágicas, y las manos recorrieron las geografías de territorios por descubrir; montó aquel cuerpo como potro a punto de ser domado y logró cabalgar en la llanura de sus sueños. El dolor, mezclado con el placer y la emoción, era su ofrenda en aquel rito de amor que les abría un sendero de múltiples orgasmos y largas pláticas de proyectos futuros.

Gaspar estaba eufórico porque había sido seleccionado para participar en la toma del comando central de la guardia nacional en la ciudad de León. Se despidieron y él le prometió que en dos meses más se casarían. Él juraba que la ofensiva final no demoraría más de dos meses, y aunque asumiría un rol determinante en la acción militar que se desarrollaría en una de las ciudades más importantes de Nicaragua, no contemplaba todavía la posibilidad de la muerte. Su misión era la bazuca. De sus manos y puntería dependía que los guerrilleros pudiesen desplazarse libres de tanques y tanquetas. Gaspar había inmovilizado la segunda tanqueta de la guardia; despejada el área, tomó la bazuca con sus dos manos y, levantándola sobre su cabeza, dio la orden de avanzar gritando una consigna. No se percató del francotirador que, no muy lejos de él, afinaba la puntería. La bala se introdujo por la sien derecha, haciendo un recorrido transversal, alojándose finalmente en la mandíbula.

Mientras él agonizaba en medio del combate, Luciana trasladaba armas y medicinas desde San José a la frontera con Nicaragua. Todos estaban seguros del triunfo… pero no fue así, y los guerrilleros tuvieron que replegarse.

Ella llegó a la librería que, en la práctica, era el centro de operaciones de los nicaragüenses exiliados en Costa Rica. Amanda, la asistente de contabilidad, la llamó al fondo, y con la voz absolutamente quebrada le dijo: —Luciana, mataron a Gaspar.

Luciana, mataron a Gaspar. Luciana, mataron a Gaspar. Luciana, mataron a Gaspar. La frase se repetía incansablemente en su cabeza. Estaba inmóvil y sin fuerzas ni para parpadear. Amanda se retiró discretamente. Luciana apoyó su espalda y brazos en la pared y se deslizó suavemente hasta sentir que se desintegraba lentamente.

Su mano se movió sin su voluntad, acercó su cartera, la abrió y sacó aquel volante que le había dado el día de la despedida, y entre lágrimas volvió a leerlo. Decía…

"Porque vivo cuando te veo…por favor no me dejes morir".

Sofana
26 de enero de 1918

UN NO SÉ QUÉ EN SU MIRADA

Blanca García Monge

Era jueves cuando salió de casa. Tomó el bus y llegó a la cita, puntual como el reloj de la iglesia municipal. Cuatro en la sala de espera era mucha gente, se sintió abrumada, pero estaba ahí por cuestiones éticas, y de esas responsabilidades ineludibles que terminan por esclavizarnos. No se movió.

Los otros tres estaban ahí, ensimismados en sus celulares, vueltos bobos. Pasaron unos minutos hasta que la puerta del fondo se abrió. Pensó que era la recepcionista, pero se equivocó. Era ella, la reconoció de la entrevista en la televisión. Hubo algo que la perturbó de inmediato, *estoy nerviosa,* pensó. Entró de última a la sala de reuniones y escogió el lugar más próximo a la salida.

Era una buena oportunidad para retomar su vida profesional, el empleo fijo no le vendría mal. Encontró la convocatoria en el periódico y aplicó. Ese mismo día vio a una mujer hablar en la televisión sobre los programas sociales que el gobierno estaba impulsando, vestía una camisa azul con el logo de la empresa que ofrecía el trabajo. Tenía la boca roja. El cabello rebelde caía sobre sus hombros, y detrás de los lentes se asomaban un par de ojos pequeños y brillantes. Se espantó cuando se dio cuenta de que no estaba prestando atención a lo que decía, sino al movimiento de sus labios, al arco de su rostro y a la línea de sus hombros, que apenas se dejaban ver a través de la camisa.

Apagó el televisor y se fue a dormir.

Está descalza y camina sobre hierba húmeda, un riachuelo pasa a escasos metros de ella. El día apenas inicia y no sabe qué hace en ese lugar, parece sacado de un cuento. Un precipicio le cierra el paso, el riachuelo se ha convertido en una cascada impresionante, abajo se oye el estrépito del agua cayendo. Siente miedo, pero quiere saltar. SALTA.

Del sueño apenas recuerda el color de la hierba, la luz naciendo en el horizonte y luego el salto. Prepara el café y recoge el periódico. Es el día de la cita, sí, la han citado a la entrevista. Está relajada, no es que no necesite el trabajo, en todo caso, podría ser una entrada extra de dinero. Buscó por meses trabajos, nada le llamaba la atención, hasta que vio el anuncio.

¡Qué pereza! Una maldita prueba psicométrica para llenar, rellenar, jugar al azar. TREINTA MINUTOS les dijeron casi amenazándoles. Se percató de que el más joven se reía entre dientes, mientras que los otros dos fruncían el ceño. Ella terminó la prueba en veinte minutos, pero no quiso entregarla hasta que alguno terminara. Así lo hizo. Esta vez regresó a la sala otra persona. Tomó su prueba y le agradeció. Se fue decepcionada del lugar, pero sin dejar de pensar en la mujer que había visto en la televisión, la misma que los recibió dándoles una breve bienvenida y que salió de la sala mirándola de reojo. Esa mirada la molestó, se sintió observada y sin oportunidad de réplica porque no hubo tiempo sino de sentarse y empezar a llenar los cuadros.

A mitad de la semana, el teléfono sonó un par de veces. Era costumbre suya dejar que repicara antes tomar cualquier llamada.

—Sí, soy yo —dijo en tono expectante—. Está bien, ahí estaré— y colgó. Sorbió el último trago de café, lavó la taza y la colocó boca abajo para que escurriera el agua. Levantó ambos brazos y los llevó por detrás de sus hombros, sonrió enseñando su dentadura perfecta.

Una semana le tomó adaptarse a la rutina. La oficina estaba en el centro de la ciudad y ella vivía en la periferia. El tráfico a veces se volvía insoportable, pero a diario llegaba antes de las ocho de la mañana y se iba quince minutos después de su horario de salida, como todo principiante. El primer día le asignaron oficina propia, espaciosa como su cuarto de lectura, y podría decorarla a su gusto. Ese día, después de dejar en orden las cosas, se preparaba para salir cuando llamaron a la puerta.

Entre, dijo con voz fuerte y clara. Un rostro familiar se acercó a ella y le tendió la mano. *Bienvenida, espero que el espacio esté adecuado a tus necesidades, soy Karol.* Sintió que le faltaba el aliento y apenas pudo articular un "gracias" simple y seco. Volvió a sentir esa mirada inquisidora, inquietante, o quizá solamente era su poca costumbre de relacionarse con los demás.

La charla no fue más allá de referencias al trabajo y al espacio.

Si necesitas algo no dudes en buscarme, estoy a la orden para ti, le dijo Karol sin dejar de observarla. Como pudo, a ratos le sostuvo la mirada. No pasó por alto que, en efecto, sus ojos eran pequeños pero atractivos detrás de sus lentes, pero esta vez los labios estaban cubiertos por un brillo rosado que atenuaba las hendiduras y los movimientos. Los hombros, que ella imaginó desnudos, estaban cubiertos por una camisa de cuadros.

Un *¿estás bien?* la regresó a la oficina. Sintió como si frenara de golpe y el cinturón de seguridad la sostuviera con fuerza, dejándole un agudo dolor en el pecho.

Sí, solo agotada por la semana, ya me adaptaré respondió al momento que cerraba la pantalla de la portátil. Karol se despidió, llevándose la mirada de ella prendida al movimiento de su trasero perfecto.

Esa noche soñó con ella. La veía acostada en el sillón de su sala, con un short pequeño y ajustado, y una camisa celeste que dejaba ver su par de pezones. Como un gato deslizándose sobre el tejado, se acercó a ella y la miró por largo rato. La otra no parecía advertir su presencia, pasaba las páginas de un libro cada cierto tiempo y suspiraba. Despertó a media madrugada con el corazón saltando como un chiquillo bajo la lluvia.

Estúpida, masculló y se volvió a dormir. Las semanas siguientes fueron rutinarias. Revisar documentos, corregirlos y devolverlos. No fue hasta el viernes que Karol llegó, entró sin tocar y la encontró mirando al cielo a través de la ventana, que empezaba a llenarse de colores pasteles.

Se acercó y le dijo, *es hermoso*. Ella se volteó un poco asombrada, pero con una felicidad inexplicable en su sonrisa. *Lo es,* afirmó. Sus miradas se encontraron y se apartaron al instante, temerosas y febriles. Esa tarde el tiempo se detuvo en el segundo piso del edificio, en la oficina decorada con cuadros primitivistas y pequeños jarrones de artesanía lenca.

Sus ojos son mares, profundos resplandores de miedos acumulados. En el surco de los labios de Karol se advierte cierta ternura merodeando. Ella, estática, ha refugiado su cuerpo contra la pared, y como una espiga solitaria tiembla. El ruido externo se achica, se reduce en la respiración lenta y pausada de ambas hasta que los labios se encuentran, minutos antes desconocidos y desiertos. La boca húmeda, calientes las entrañas, los muslos, la entrepierna. Jamás había experimentado un orgasmo con la ropa puesta, jamás contra la pared y jamás con otra mujer. Se despegaron después de varios minutos de manoseos y besos, arreglándose la ropa con ambas manos. Al despedirse, se besaron apenas tocándose los labios, y se fueron a sus casas con una sensación de lujuria satisfecha y algo inexplicable, indecible, reventando en sus cuerpos.

Tirada en el diván de su casa, ella no piensa, no quiere pensar. Solo evoca el encuentro en el momento preciso del primer beso y del orgasmo. Lo experimenta un par de veces más, ella sola, desnuda y feliz. La soledad tiene ciertas virtudes escondidas que al descubrirlas te abren posibilidades infinitas de goce interno, había leído en algún libro, y recordó la frase mientras sentía más liviano el cuerpo y la sangre se aglomeraba en su pequeño clítoris.

Durante la semana, muy a su pesar, los encuentros fueron pocos y relacionados con el trabajo. Sin embargo, ahora sus miradas en vez de intimidarla la desnudaban, y eso le excitaba. Los mensajes de texto jamás habían representado una necesidad para ella, pero ahora el celular se fue convirtiendo en una extensión de sus manos, de su pensamiento más profundo.

[Tienes un no sé qué en la mirada], le había *texteado* el viernes por la tarde. [Algo que me provoca muchas ganas de tenerte.]

[Algo así como, ¿cogerme?], respondió la otra.

[¡Quizás!], le devolvió de inmediato.

[Cuidado con lo que deseas], refutó Karol.

Quedaron en almorzar el sábado en el club social de la ciudad.

Esa madrugada concilió el sueño a las tres de la mañana. Imaginó un par de conversaciones, pensó en sus posibles respuestas y hasta en los gestos que debía y no debía hacer. Escuchó las notas del hombre del piano de fondo, mientras veía cómo Karol sonreía por algo que ella había dicho. Repasó el menú sin decidirse qué ordenar, estaba insegura si debía tomar agua, vino o cerveza. No quería dar una impresión equivocada, así que se decidió por agua. ¿Qué contestaría si acaso Karol le preguntaba a qué se dedicaba antes de entrar a trabajar en la empresa? Se ruborizó pensando en la respuesta, algo se le ocurriría excepto decirle la verdad.

Despertó a la hora acostumbrada. Al mirarse al espejo se espantó por la sombra oscura alrededor de los ojos. Se metió a la ducha y dejó que el agua, gota a gota, recorriera su cuerpo. El vientre terso tembló al sentir sus manos acariciar con el jabón sus pechos redondos. Un escalofrío recorrió su espalda y pensó en los besos suaves de Karol, en las manos de Karol acariciando su entrepierna, en los pechos de Karol apretujados contra los suyos, la boca de Karol mordiendo su oreja y su cuello. Sintió una humedad tibia salir de sus entrañas, y se contrajo con un leve gemido que se confundió con el ruido de la ducha.

Escoger la ropa le llevó más de una hora. Después de pruebas y pruebas, el vestido amarillo de algodón que definía bien su cintura y dejaba al descubierto sus rodillas le pareció adecuado. A las once y cuarenta y cinco el mesero la llevaba a la mesa reservada. Karol llegó puntual. Después de saludarla con un beso en la mejilla y una mirada que le quitó el vestido que tanto le costó elegir, Karol pidió una botella de vino tinto, y ella asintió, hipnotizada, a cada sugerencia, a cada gesto. El almuerzo fue agradable y transcurrió sin preguntas íntimas, solo se dijeron lo necesario para romper el hielo y olvidarse de los asuntos de trabajo.

Después del almuerzo planearon ir al lago artificial y quedarse a ver el atardecer desde las bancas oxidadas del parque. Podría decirse que estaba feliz, si esa palabra no significara para ella algo tan efímero y ambiguo. Hubo momentos que no pudo refrenar sus impulsos, rozaba con sus dedos la mano de Karol, le acomodaba algún mechón de pelo rebelde y de vez en cuando la miraba como queriendo traspasar sus ojos. Dejó también que la otra la tomara por la cintura, pusiera la mano en sus muslos corriéndole un poco el ruedo del vestido y la abrazara tan fuerte como evitando que se fuera a desarmar.

Llegaron al hotel antes del anochecer, cuando las luces de neón se encendían intermitentes. Pagaron por la noche entera. En la recepción, compraron un par de cervezas y se fueron al cuarto, muertas de risa por los nombres falsos que dieron al registrarse. Tras cerrar la puerta se besaron con premura, se tocaron, se apresuraron a llegar al borde de la cama y se desplomaron en el primer intento. Al sentir el roce del cuerpo de Karol sus pezones se fueron poniendo duros y la piel erizada. Esta vez no habría retorno. Sus dedos se deslizaron por los pliegues de la camisa, se quedaron unos segundos quietos en la cintura y luego el pantalón de Karol fue a caer al suelo. Regresó a sus pechos a morder los pezones que seguían duros y erizados, tal como los había imaginado. Los lamió despacio, mientras sentía los dedos de la otra explorando su espalda. Siguió la línea exacta del eje de su cuerpo hasta llegar al vientre, lo sintió expandido y suave. Detuvo un momento su premura y desaceleró el ritmo. Pidió a Karol que se pusiera de espaldas, la otra obedeció de inmediato, mordiendo sus labios. Recorrió la espalda de principio a fin como un territorio inexplorado. Fue succionando cada poro hasta llegar a sus nalgas que, como dos volcanes en reposo, sostenían el peso de su cuerpo.

Es su primera vez y siente miedo, pero ese impulso natural reventando en su vientre es más fuerte que cualquier otra cosa. Arqueado su cuerpo sobre la cama se deja llevar al sentir los labios de Karol en su clítoris, aunque esta vez la humedad en su vulva es diferente. Puede sentir, oler su consistencia. Reconocer que no es mecánico el acto la hace sentirse libre. Hay un brillo inusual en sus ojos cuando siente que un par de dedos la penetran lento y después más fuerte, más intenso. Sus gemidos llenan la habitación de placer. Gata en celo, un poco avergonzada pero fiera, vuelta ella, completa y libre cabalgando sobre la cintura de Karol. Muerde sus dedos, los lame, hala su pelo con fuerza.

Exactos los cuerpos, jadeantes, agotados pero hambrientos, con ganas de más. Las sábanas húmedas, revueltas, los besos como balas agujereando ambos cuerpos. Una a la otra se coge como si no hubiera un mañana para continuar soportando la soledad y la rutina. Sus gemidos pueblan el mundo de placer. Karol se viene en su boca, en sus dedos, clítoris a clítoris, acompasados, fundidos en un mismo cuerpo, en un mismo llanto, en una misma humedad.

El amanecer invade el cuarto y descubre a dos cuerpos desnudos, uno sobre el otro. Al despedirse, se besan satisfechas. *Al diablo las etiquetas,* piensa mientras mete la llave para abrir la puerta, y recuerda las citas prepago donde rogaba al cielo que más de algún día la llamara una mujer.

BARTOLOMÉ

Marianela Corriols

Cuando encontré a Bartolomé estaba desesperada. Acababa de cumplir cuarenta y ocho años y verme desnuda en el espejo del hotel, en aquella fría ciudad del norte, me agregó motivos para deprimirme: surcos en los labios y arrugas ya no tan finas alrededor de los ojos que me hicieron preguntarme si en el futuro debía sonreír. Papada ya no tan incipiente, los pechos antes erguidos buscando la tierra, y en lo que antes fue mi cintura de sesenta centímetros, rollos a la izquierda, a la derecha, arriba y abajo. Ya no quise seguir viendo hacia donde mis piernas esperaban su veredicto. ¡Qué desastre!

Había oído decir que el internet es un medio excelente para encontrar gente, y ese día de abismos, decidí probar. Haría una lista de sitios posibles donde podría encontrar lo que buscaba, pero la elección final sería al azar, cerraría los ojos y tocaría varias teclas hasta que mi instinto me dijera que era ahí. Así que cerré los ojos, tecleé y tecleé hasta que algo me dijo que debía parar.

Y ahí estaba él. Viéndome desde la pantalla, un moreno profundo y flaco, sonriendo de lado, impecablemente vestido de lino blanco y sombrero, parecía mirarme solo a mí.

Decidí contactarlo y así supe que se llamaba Bartolomé Maximiliano. Era originario del Caribe y le encantaba la música, pero lo que más me atrajo fue su historia. Era descendiente de Gundo, un rey congolés, de la bisabuela Julia, la abuela Patricia y de Virginia, su madre. Desde niño su vida había sido difícil, y a él le encantaba complicársela más, pero sobre todo, le encantaba cantar.

Y así empezó nuestra relación. Él estaba siempre cuando lo necesitaba, comunicándose, transmitiéndome su energía. No es que me hubiese enamorado de él, simplemente me gustaba y me atraía físicamente todo lo que él me provocaba.

Me hacía levantarme, mover todo mi cuerpo, elevar los brazos, contraer rítmicamente el abdomen, las caderas y los muslos, como hace muchos, muchos años, no hacía. Mis ojos brillaban, mis mejillas volvieron a ruborizarse y mi aliento a entrecortarse. Y las endorfinas, las famosas endorfinas, volvieron a circular por toda mi sangre, despertándome de nuevo, llamándome a la vida. Los rollos empezaron a desaparecer y mi cuerpo a cambiar.

Yo le decía,

qué rico baila usted, qué bueno toca usted…

tengo fiebre de ti, ansias vehementes, calor de infierno, amor fatal y abrasador…

soy tan feliz, mi vida, siempre que estás conmigo, soy tan feliz, cuando te abrazas conmigo.

Eso fue hace dos años, ahora tengo cincuenta. Todos los días, cuando despierto, sé que Bartolomé, o Benny como le digo cariñosamente, me espera con los brazos abiertos para hacerme vibrar y conectarme. Enciendo la computadora, hago *click* sobre el icono de la música, y allí está él, Benny…Benny Moré… y con él empiezo a bailar sones, mambos y boleros hasta el cansancio.

ROOMIES

Giselle Torio

Martha escuchó el timbre de la puerta y rápidamente se puso los *jeans* para salir al pasillo y recibir al nuevo *roomie*. Al llegar a la sala, notó que Laura y Manolo estaban hablando con él, y le daban una afectuosa bienvenida. No podía verlo ya que Laura le tapaba la cara, así que decidió acercarse para saludar. Le sorprendió lo atractivo que era, tenía la piel morena y unos enormes ojos verdes. El nuevo integrante ocuparía el cuarto que estaba junto al de ella. Sintió una especie de alucinación al saber que solo los separaría un muro, así como un horrendo cuadro de una mujer con mirada penetrante. Martha deseó que el chico brasileño sintiera la misma repulsión por aquel cuadro, y decidiera descolgarlo para descubrir su fascinante mundo.

Laura, su amiga y *rommie*, se dirigía a Yaggo con pequeñas risas nerviosas, y él respondía con una blanquísima sonrisa. Era evidente que Laura también había quedado deslumbrada por aquel chico, sin embargo, ella tenía una ventaja: el pasadizo secreto de miradas que poseía en su habitación. Se acercó para saludarlo un poco tímida, y percibió que el nuevo *roomie* no mostraba gran interés por ella.

Manolo, su otro *rommie*, era médico y homosexual. Aunque tenía pareja, tampoco le fue difícil sentirse atraído por Yaggo, así que tomó rápidamente las maletas del nuevo huésped y lo condujo hacia su habitación.

—La habitación no está mal, solo tendré que buscar un cuadro que sustituya a esa mujer. Mientras tanto creo que podré descansar viendo hacia el otro lado. Estoy muy cansado, fue un vuelo muy largo.

—Puedo imaginarlo… Me encantaría ir al carnaval de Brasil, tengo unos amigos allá que quiero mucho y a los cuales planeo visitar —contestó Manolo acomodando la maleta junto al clóset.

Yaggo de pronto se sintió invadido, y le dijo a su *roomie* que tomaría un baño. Manolo salió del cuarto cerrando la puerta y el brasileño se quedó en su nueva habitación. Parecía que la ropa le había estorbado todo el viaje. Se sentía muy cansado como para tomar un baño, así que decidió desabotonarse la camisa y quitarse los pantalones, se acostó en la cama y se quedó dormido.

Martha y Laura se apresuraron para salir, ya que les esperaba mucho trabajo durante el día. Trabajaban juntas para una firma internacional de abogados. Laura era española y Martha mexicana. Durante el camino platicaron acerca del nuevo *roomie* y lo mucho que les había impresionado. En el fondo, ambas sabían que estaban por entrar a una atrevida competencia por ganarse su preferencia.

Por la noche, el departamento se sentía diferente, como si súbitamente la temperatura hubiera aumentado. Laura se paseaba por toda la cocina preparando una tortilla española para cenar. Llevaba puesta una camiseta que moldeaba su cuerpo y unos pantalones ajustados. Yaggo, que estaba sentado leyendo en un sillón, continuamente bajaba su libro y asomaba la vista hacia la española. Tenía una forma de caminar que lo atraía, su largo pelo rojizo se balanceaba de un lado a otro en cada vuelta que daba. Parecía que bailaba y cocinaba a la vez. Laura se hacía notar en cada sorbo de vino y le dirigía algunas miradas. Mientras tanto, Martha se limpiaba las lágrimas provocadas por la trágica cebolla que partía. Luego llegó Manolo, sonando por todo el departamento como un cascabel, y Yaggo no pudo concentrarse nuevamente en su lectura. Cuando estuvo lista la tortilla, se sentaron a la mesa para festejar la llegada del brasileño y pasaron una linda velada.

Yaggo les platicó que lo había enviado la empresa donde trabajaba para tomar una maestría en Ingeniería Mecánica. Se sentía afortunado porque era la primera vez que salía de Brasil.

Manuel le contó de su pareja y lo entusiasmado y a la vez nervioso que se sentía porque pronto conocería a su hermana.

—Solo espero que no sea una de esas hermanas locas y celosas, suficiente tengo con Paco —dijo Manolo atravesando la mesa para cortar un pedazo de tortilla.

—Paco seguramente sabe lo que está haciendo —dijo Martha con voz suave.

Siempre que Yaggo hablaba, la mirada de Martha se detenía en su boca, como si de pronto todo se volviera silencio y tuviera que concentrarse para leerle los labios. Uno o dos suspiros se le escaparon. Ese hombre era bello, con brazos musculosos donde deseaba desaparecer como en un acto de magia. Esa noche, al terminar la cena, Martha buscó en los cajones la lencería de encaje color blanco, y se la puso con la ilusión de que su vecino descolgara la pintura y se asomara por el pequeño agujero que atravesaba la pared. Sabía que tarde o temprano se hartaría de ese horripilante cuadro y no le quedaría más remedio que quitarlo o esconderlo. Luego de encender una pequeña lámpara sobre su buró, se puso la lencería y se acostó boca abajo sobre su cama para soñar con Brasil e imaginar a su vecino admirando su figura.

Al otro día, todos se encontraron con prisa en la cocina. Martha, al ver a Yaggo, sintió cómo en su estómago brincaban saltamontes. Laura y Manolo, al verlo, quizá pensaron lo mismo, pues no dejaban de mirarlo. Martha no quiso mostrarse igual y fingió indiferencia.

Yaggo fue el primero en llegar esa noche. Se preparó un sándwich y se puso a leer. Laura llegó después, y ambos platicaron acerca de su día. Ella estiró los brazos para contenerse la cabeza por atrás, y luego la movió suavemente de un lado a otro.

—Este día fue realmente pesado, tuvimos un término de demanda. Creo que me viene bien un trago —dijo Laura bostezando.

—¿Quieres que te sirva una copa de vino? —le preguntó Yaggo amablemente.

—Mejor prefiero una cerveza.

Yaggo sacó una cerveza del refrigerador y la destapó para Laura.

—¿Martha se ha quedado en el trabajo?

—Sí, tiene algunos pendientes —contestó Laura, notando una especie de ansiedad o nerviosismo en el brasileño, lo cual no le pareció bien. Repentinamente cambió su actitud y comenzó a mostrarse más coqueta. Yaggo se interesó en su plática. Si algo tenía Laura era que podía acaparar la atención de cualquiera, sabía cómo modular su voz y jugaba con ella volviéndola seductora. Después de un tiempo, ambos se despidieron y entraron a sus cuartos. Cuando Yaggo escuchó algunos ruidos dentro del departamento se enteró de que Martha había llegado. Esperaba ansioso escuchar el sonido de su puerta cerrándose, para poder descolgar nuevamente el cuadro y ver a Martha del otro lado. Respiraba nervioso, sabía que lo que iba a hacer no estaba bien. Se preguntaba quién habría hecho ese agujero y si era a Martha la chica que acostumbraban espiar, o a una antigua *roomie*. Cuando escuchó el sonido de la puerta al cerrarse, su corazón se sobresaltó, y rápidamente apagó la luz para poder asomarse a la intimidad de su vecina. Martha puso su *playlist* de *jazz* y comenzó a desabotonarse la blusa frente al agujero de la pared. Sabía que tenía una hermosa figura y que había que mostrarla lentamente a su vecino. Luego bajó el cierre de su falda y la dejó caer al piso, se agachó a recogerla doblándose como una bailarina y tomó su celular para revisar sus mensajes. Mientras los leía, se paseaba por la habitación usando altos tacones, que se esforzaban por detener sus torneadas piernas. Sabía que su rival era fuerte. Pensaba que las españolas eran atractivas y extrovertidas, derrochaban seguridad, y eso a Martha la hacía sentir tímida. Por eso prefería mostrarse tal cual era sin correr el riesgo de ser rechazada, jugar un poco al azar, sin saber si la miraban o no.

Después de esa noche, transcurrieron un par de semanas durante las cuales Yaggo, por las noches, seguía espiando a Martha. Se sentía fascinado por su mundo y lo volvía loco descubrirla en lencería. Ella se probaba collares frente al espejo con su torso desnudo, y acariciaba suavemente las piedras. Se untaba crema en las piernas y cuando no inventaba peinados, se acostaba en la cama boca abajo para comerse algunas cerezas. Yaggo cada vez deseaba más a Martha y le obsesionaba espiarla. Martha se estaba convirtiendo en su adicción y le aterraba la idea de ser descubierto, así que cada vez que coincidía con ella fuera de las habitaciones, se mostraba indiferente y un poco engreído. Por el contrario, con Laura se mostraba abierto y simpático, y ambos siempre estaban carcajeándose. Martha pensó que su juego no estaba resultando. De todas formas, ya habían pasado muchos días, y Yaggo no daba ninguna señal de que se sintiera atraído por ella.

Un día, mientras su *roomie* española coqueteaba descaradamente con él, se sintió fuera de lugar, y se retiró a su habitación con la sensación de haber perdido. Se acostó en su cama y suspiró. Eran ya cuatro veces que se asomaba para ver si su *roomie* había descolgado el cuadro, pero nunca podía ver nada. Era señal de que seguía ahí o, siendo optimista, de que lo descolgaba, la espiaba y lo volvía a colgar. Tomó el banco y lo arrimó a la pared para poder subirse y asomarse. Su mirada, esta vez, atravesó el muro. Su corazón se aceleró de entusiasmo y comenzó a adentrarse en el mundo de Yaggo. Pensó que era un chico muy ordenado, nada estaba fuera de lugar. Los papeles estaban perfectamente acomodados, no había ropa sucia tirada en el suelo y la cama estaba bien tendida. Nuevamente volvió a suspirar, Yaggo era demasiado perfecto, nunca se fijaría en ella. De pronto entró a su habitación y Martha se alejó de la pared por un momento, temerosa de ser descubierta. Sin embargo, el muro no era transparente y Yaggo no podría verla, así que volvió a asomarse para observarlo detenidamente. Él se sentó en la cama para quitarse los zapatos y quedarse descalzo, luego se quitó lentamente los pantalones y la camisa, quedándose únicamente en calzoncillos. Repentinamente apagó la luz y se acercó al agujero para espiar a Martha. Esta vez no vio nada por un instante, pero inmediatamente después recuperó la imagen de la habitación completa. Se preguntó que había sucedido, imaginó que quizá Martha lo había estado espiando o que la luz estaba apagada y luego Martha la había encendido. Por primera vez, Yaggo dudó de si se trataba de un juego de Martha para provocarlo. No sabía la respuesta, pero tampoco quiso averiguarla. Le fascinaba la idea de sentirse atrapado en ese vicio y no quería salir, sin embargo, el deseo por Martha comenzaba a desbordársele y le era cada vez más difícil contenerlo.

Esa noche, cuando Martha tuvo la certeza de que el pasadizo a su intimidad había quedado descubierto, se metió al baño para ponerse una provocativa lencería de color negro y unas medias hasta la rodilla. Salió del baño decidida a tomar el primer riesgo, y en una hoja en blanco escribió un letrero que decía: **Dejaré abierta mi puerta esta noche.** Lo puso sobre su tocador dirigiéndolo hacia la pared espía y se recostó en su cama.

ROSAURA

Romina Caballero

Rosaura es mi amiga desde hace diez años. Aunque nos queremos mucho, desde que ella tiene novio ya no me busca, ya no nos atiende, ya no va al café y ya no se reúne con nosotras.

Me lastima que no me haga caso. En otro momento, yo era una persona muy importante para ella. Todas las cosas que yo le decía le importaban, estaba muy pendiente de lo que yo decía. Ahora, simplemente, me hizo a un lado.

Desde que tiene novio solo se dedica a él, y ya no me da tiempo a mí, ni a ninguna de las amigas. Yo amo a Rosaura profundamente. Como a nadie. Cuando le dije que me parecía que Mario, su novio, estaba enamorado de su hermana Ana Beatriz y no de ella, Rosaura se ofendió muchísimo.

Le conté a Rosaura que me había encontrado con Mario y con Ana, y para saludar a Ana le dije: hola, güera. Y entonces Mario, muy ofendido, me dio un chingadazo en el brazo y me dijo: no le digas güera, a ella no le gusta que le digan así. Yo me saqué mucho de onda.

La verdad, Mario me cae mal, porque se burla de Rosaura. Me disgusta porque corteja a Ana y por otras cosas.

Hace chistes a costa de ella. Se lo dije a Rosaura.

—Mira, a mí me parece que tu novio está enamorado de tu hermana y no de ti, porque a ella la defiende, y a ti te insulta, se burla de ti y eso me parece que no está bien.

—Yo pensé que eras mi amiga —me contestó Rosaura—, y me ofende mucho lo que dices. Si acaso tú crees que yo no merezco ser amada, es mi vida, ¿no?

—Por supuesto que sí — le respondí—, tú mereces ser amada. Yo te amo, quiero que te llenen de amor. Por eso precisamente te lo digo. No me gusta, me duele que ese pendejo haga chistes sobre ti enfrente de nosotras, que somos tus amigas.

Yo creía que Mario le estaba haciendo daño y alguien se lo tenía que decir, ¿no? Y bueno, la verdad es que si a pendejos vamos… Esa vez sí que me sentí muy mal, juzgada, criticada.

Rosaura significa mucho para mí, es una chava muy valiosa. Sabía que yo estaba enamorada de ella. Lo digo porque ella jugaba conmigo, no me hacía caso, me veía como su amiga. Prueba de ello es que se casó con Mario. Imagínate, un día me dijo:

—Quiero que tú estés conmigo cuando nazca mi hijo. Yo quiero que tú estés en mi vida cuando pasen las cosas importantes. —Y eso me enojó mucho.

Me enojé porque me hizo sentir como si yo fuera un objeto que se guarda en el ropero, como una cosa que estaría ahí cuando Rosaura lo necesitara. Algo así como decir: "Liliana está en el ropero, cuando la necesites, la usas", yo no quiero ser eso.

—Fíjate que yo sí —me dijo Maru, para mi sorpresa, cuando se lo conté—. A mí sí me gusta ser eso para mis amigos, yo sí quiero. Porque me parece amoroso, me parece lindo, me parece chido, estar ahí para cuando mis amigos me necesiten.

Las palabras de Maru me parecieron raras, pero al mismo tiempo eran como una manera de estar en equilibrio. Bueno, a mí me hizo pensar en la muerte de Carmen. Carmen es otra amiga que se ahorcó, después de varios intentos con pastillas. Su muerte me ayudó a valorar a los demás, aprender a amar al otro, a aceptar sus decisiones hasta el último extremo. Que alguien se mate enoja, pero fue su decisión, es su vida, ¿no?

Cuando Carmen se suicidó, entonces yo también pensé en hacerlo, pero no. Todavía tenía el amor a Rosaura que me sostenía. Me di chance de pensar en eso.

Pero me siento juzgada, escucho como: "eres una pendeja, ¿cómo te va a querer? Ay, pobre Liliana. Ella tan enamorada de Rosaura, mientras que ella eligió a Mario, un cabrón, machín, pendejo; y a Liliana la hizo a un lado".

Y la amaba. Tenía planes de vida al lado de Rosaura. Era maravillosa, nunca he conocido a alguien con ese brillo en los ojos, era transparente, única en eso. Esa era su belleza.

Sabía que no me quería.

—Rosaura —le dije llorando—, tú no me amas solo porque no soy hombre, y esa es la única razón. Siento cómo te encanta que te mire y te diga lo hermosa que eres—. Y eso era lo que más me dolía, que me despreciara por ser mujer, solo por no ser hombre, eso me dolió muchísimo.

Me sentí discriminada. La odié por eso, un rato, porque cada vez que la veo me mueve el tapete.

Cuando ella ya estaba casada, yo la visitaba en Guadalajara. Iba a su casa, y no tocaba el tema de su marido. Para nada. Para mostrarle a Rosaura lo carbón que era su marido me acosté con él. Para mí no era nada, no sentía nada. Era como hacer la tarea, un objeto de goce para él. Me reía de su cara cuando se venía, era estúpido, pero me reía verlo presa del goce, sin salida. Ya estaba dentro, y ahora lo único que le importaba era venirse. Además, no era gran amante, se vino rápido, y me…

—No se lo contarás a Rosaura ¿verdad? —me preguntó.

—Por supuesto que sí —le respondí—. Cabrón machín, se lo voy a decir—. Él se quedó en silencio.

—¿Quieres dinero? —preguntó.

Él sabía que yo siempre andaba en las últimas, eso me ofendió más que nada. Que pensara que yo era una puta. Sí, vivo en Chalco, estoy jodida. Pero no mames, no cobraba. Me gustaría hacerlo algún día, pero me da miedo que no me quieran pagar. Te digo que cuando veía a mi madre me gustaba. Me gustan sus piernas, sus senos, supongo que como a todo el mundo. En mi casa había dos gatos, macho y hembra, y también una perra. Era linda mi casa, no era burguesa, pero me la pasaba bien. Sobre todo, tenía tiempo para mí, para leer.

No me resigné, no mucho. En esas fechas hice cosas muy tontas. Pero eso no fue tonto, eso lo pensé después. En el veneno como solución para quedarme con Rosaura.

El día de su boda yo me acerqué a Mario, en la misma fiesta. Lo fui a besar y a abrazar. Y bueno, empezamos a cachondear, nos metimos al baño. Él finalmente puso un freno, pero yo habría ido hasta el final.

Lo hice porque sentía que al abrazarlo a él, besarlo a él, tocarlo a él, era como si tocara a Rosaura.

Cuando yo iba a su casa, él me toleraba. Y yo a él. Y Rosaura encantada entre dos amores disputándosela. No éramos grandes amigos. Aunque él, supongo, también era un poco perverso. Me gustaba la idea de… no sé… me sonreía cuando estábamos los tres juntos, era como una especie de seducción, era chistoso.

Mario me gustaba y se lo dije, pero él no decía nada, era un silencio de aceptación. Y también se lo dije a Rosaura, en el café. Solo se rió.

Algunas veces yo tenía que tomar mucho para poder hablar con Rosaura, si no, no podía decirle nada. Era una cosa difícil hablar con ella.

A Rosaura le gustaba que la visitara. Ya tenía una hija de un año, y le gustaba mi compañía. Creo que le gustaba mi cortejo, ¿no? Porque bueno, cuando yo la iba a ver le tomaba mil fotos a ella con su hija, la miraba, le decía que estaba linda, que estaba bella, que estaba preciosa, era verdad.

Me gustaba su físico y otras cosas…

Cuando estaba a su lado, me escuchaba. Es más, ella casi no hablaba y, bueno, no sé, supongo que a mí eso me atraía. Porque me encanta hablar.

Le contaba de las novelas que leía, y ella tenía un cierto gusto por las historias, por descubrir el mundo de los libros. Ella estudió ingeniería. A mí me gusta mucho la literatura. Y nunca he tenido un trabajo muy bien remunerado, pero siempre he tenido tiempo para leer. Leer es una cosa que me encanta.

Una vez nos fuimos a Acapulco Mario, Rosaura, la hija y llegamos a un hotel y ella estaba todo el día en traje de baño, yo la miraba. Nunca tuvimos un acercamiento físico, pero me consolaba pensar que éramos amigas. Antes de casarse me contaba de sus novios. Después, me contaba de su marido, su vida, y bueno, yo le contaba lo mío. Le conté de mi relación con Juan. Juan era algo así como un novio.

Una vez invité a Rosaura a hacer un trío amoroso, ella, Juan y yo. Me acuerdo que invité a Rosaura a comer a mi casa, y bueno, obviamente invité a Juan. Entonces, estábamos los tres, tomamos vino, yo cociné. A ella le gustaba comer bien. Pues bueno, ya después de cierta dosis de embriaguez, Juan le propuso a Rosaura: "¿Por qué no vamos al baño tú y yo?

Rosaura se quedó sorprendida. Ella era un poco, no sé si decir ingenua, pero digamos que ella pensaba que realmente las cosas podían quedarse así, en el nivel de la insinuación, porque eso no iba a tener consecuencias. Se sorprendió muchísimo, me volteó a ver a mí.

—¿Qué onda Liliana? — me preguntó.

—Pues no sé si tú quieres, es una propuesta de Juan —le respondí, y claro que no aceptó.

Una vez Juan se encontró a Rosaura en la calle.

—Liliana te ama muchísimo y ella está sufriendo por ti —le dijo entonces. Eso se lo dijo justo cuando ella estaba a punto de irse a Guadalajara con su marido. Se fue, de todos modos, se fue.

Después de un tiempo fui a Guadalajara a visitarla. Cuando llegué le propuse ir a la playa. Estaba un poco hasta la madre, llevaba dos años de casada, necesitaba escaparse de la rutina.

Nos fuimos a Vallarta. Solo una noche porque ella tenía que regresar al día siguiente a Guadalajara, y se preocupaba pues no tenía con quién dejar a la hija más tiempo. En fin, estaba siempre preocupada. Estuvimos juntas en un hotel. Rentamos una habitación, yo llevaba una botella de vino, sabía que le gustaba el vino.

—Mira Rosaura, traje este vino que mandó Humberto para que nos lo tomáramos.

—¡Ah, qué rico!, ¡qué buena onda! —dijo.

Yo todavía tenía esperanzas, pero lo que pasó en Vallarta terminó con mis ilusiones. Porque ella me había dicho que tenía con su marido una relación abierta, que era un acuerdo, que eran libres de acostarse con quien quisieran, pero que él le exigía que ella le contara todo. Era parte de su juego sexual.

Nos metimos al cuarto del hotel. Ella preparó la tina con agua, y se metió ahí. Pero todo el camino me estuvo hablando de su marido, "cuánto lo quiero, cómo lo amo, lo que me dice, lo que me hace". También me contó que había un fulano en su trabajo que le estaba echando los canes. Me contó todo lo que el tipo le decía y cómo la enamoraba, y que ella no sabía si acceder o no, estaba en ese titubeo. De eso me habló durante todo el viaje. Ella se metió en la tina y bueno, entonces me dijo:

—Vamos a bañarnos juntas.

Ni tiempo me dio de sorprenderme. Yo estaba enojada porque no había hablado para nada de mí. Había estado todo el tiempo hablando de ella y de sus amores. Me quité la ropa, me metí en la bañera, pero realmente no pude, no me gustaba la situación.

Después de ese viaje ya no nos vimos. Mario, por su trabajo, viajaba de Guadalajara para acá, y me visitaba. No sé, yo no preguntaba nada, supongo que en el fondo quería olvidar a Rosaura, o algo así.

-A-M-O-R-

Linda Báez Lacayo

No podía escribir. Una nube de pensamientos le taladraba los oídos. Era como si una parvada de aves graznando atravesara ese cielo que hoy parecía más oscuro que nunca. Hitchcock, dijo, pensando en los pájaros que se volvían feroces. Como ahora sus pensamientos. Retomó el computador y empezó a martillear de nuevo el negro teclado. Las letras le bailaban, la A se cruzaba con la R, la M parecía empujar a la O. –A-M-O-R-. ¿Cómo podía escribir esa palabra? ¿Cómo se le ocurría pensar siquiera en alguna cosa o en tener algún sentimiento que fuera para ella? No, no la amaba, solo había deseado tenerla entre sus brazos, olerla y sentir su piel.

A-M-O-R, así, todo en mayúscula tecleó.

Se sentía desbordado por esa pasión bajo el influjo de sus brazos, de sus largas piernas, esas que ella sabía mover casi como en un acto religioso. Le gustaba observarla, admiraba sus magníficos muslos, las uñas rojas bailando sobre sus pequeños pies, sus manos que se acariciaban y subían lentas, muy lentas. No la amaba, ahora estaba seguro, se había prometido no amar a nadie más, a nadie. Ni a ella. O mejor aún, especialmente ni a ella. Pero estaba apasionado. Siguió tecleando, recordando. Sus dedos temblaban sobre el computador.

Como la noche anterior. La había visto sentada en el sillón y su deseo por sentirla apretada contra su pecho creció rápidamente. No la amo, repitió en ese momento, y era como si esa oración convertida en cábala le ayudara a enfrentar el fuego que ya subía por su pecho. Quería saber qué sentía ella. Le gustaba verla y adivinar cada trozo de su piel, el contacto con su mano, sus olores. Se hacía invisible para poder verla con gusto.

Como la noche anterior. La había visto levantarse del sillón y caminar lentamente hacia la habitación que después compartieron. Era la misma habitación de donde la vio salir una mañana hacía ya cierto tiempo, cuando se obsesionó por ella. Como siempre, ella no supo que él estaba ahí, no supo que la vio pasar y que aspiró su perfume.

La noche anterior él vio que la chica se aproximaba. En ese momento supo que tenía que tomar una decisión. Ella parecía resuelta. Él se levantó para rodearla con sus brazos, olía bien, su piel era suave, morena por muchas horas bajo el sol, y la desarmó con un beso apretado. La chica reaccionó e intentó separarse de él. Sabía que siempre era así, parecían negarse, todas eran iguales, pero era solo al inicio, después se entregaban. Con ella no sería distinto. La empujó suavemente hacia el cuarto que les esperaba. La chica siguió jugando a hacerse la difícil. Mejor aún, había pensado él.

Él la acercó de nuevo hacia su pecho, la apretó contra él. Ella pareció rendirse y dejó sus brazos a los costados, cayendo hacia abajo, casi inertes. Pero, ¿respondía a sus caricias? Él no estaba seguro, pero siguió rodeándola con la tenaza de sus brazos. La acorraló besándola con pasión. Ella parecía seguir negándose, pero él sabía que a ella le gustaba. A todas les gustaba. Que la tomara con fuerza, que le demostrara su hombría, que la derribara sobre la mesa frente a la ventana, le levantara las faldas y le tirara de su pequeña braga, que sintiera su cuerpo de macho en celo pegándose a sus nalgas, que le gritara que no, que no, y él sabría que en realidad decía que sí, que le acariciara las piernas que ahora ella abría impulsada por sus feroces movimientos. Ambos disfrutaban, ambos sorbían sus pasiones, ambos miraban por la ventana mientras los movimientos se sucedían uno tras otro. Hasta que llegó la calma.

Ahora que todo había pasado y que él estaba frente a la pantalla repasando los hechos, se le vinieron las preguntas de siempre. ¿Era igual a las otras? Todas son iguales. ¿Lo abandonaría? Probablemente. No quería caer en los absurdos pensamientos de hacia dónde le estaba llevando esta realidad. ¿Qué pensaría ella? ¿Hasta dónde estaría dispuesta a seguirlo? ¿Tendría el coraje de saltar la barrera o saldría huyendo como las demás?

A la mañana siguiente, mientras él en su refugio escribía en el computador las letras

A-M-O-R

la mucama del Gran Hotel abrió la puerta de la habitación y encontró a una joven desnuda tendida en la cama. Sus manos, cruzadas sobre el pecho, sostenían una rosa. Pequeñas gotas de sangre que parecían haber salido de los pétalos rojos, corrían sobre su estómago. Sus brillantes cabellos reposaban sobre la almohada, arreglados con mucho esmero. Su ropa lucía muy ordenada en el sillón blanco, en la esquina de la habitación, simulando un cuerpo sentado. Los zapatos de altos tacos yacían al pie del sillón, completando la escena.

Por la delicadeza con la que estaban colocados sus cabellos y por la serenidad de su rostro, parecía como si quien la había matado, la amaba.

SEMBLANZAS DE LAS ESCRITORAS

ROSLYN ISON, mexicana. Estudió Comunicación y Fotografía. Tiene dos novelas publicadas: "Treinta días antes de morir" (2009) y "Reflejos de sombra" (2013).

LINDA BÁEZ LACAYO, nicaragüense. Apasionada por Latinoamérica. Ha publicado cuentos en Chile, Nicaragua y México. Tiene escritas tres novelas y la primera está en proceso de publicación.

MAYA LORENA PÉREZ RUIZ, mexicana. Antropóloga. Después de desplegar su oficio para nombrar y narrar historias en varios libros y artículos, incursiona ahora en la literatura para trascender los límites que la ciencia le impone a la palabra.

SILVIA R. FERNANDEZ CARIA, argentina. Adicta a varias disciplinas artísticas, insiste en escribir. Lectora voraz y curiosa incansable, desde niña supo que iría, como sus antepasados, a descubrir el mundo. Ahora vive en San Petersburgo, Rusia.

LAURA ECHEVARRÍA ROMÁN, mexicana. Autora de tres novelas y varios cuentos. Ha tomado talleres sobre creación literaria. Es alumna del Laboratorio de Novela que dirige Celso Santajuliana.

LIGIA URROZ. Nicaragüense por nacimiento, mexicana de corazón. Economista del ITAM, Maestría en LSE, en Literatura Digital por la Universitat de Barcelona, Literatura por la Anáhuac. Coleccionista de diplomados en literatura, arte, cine y creación literaria. Música por ADN.

M. Isabel Jiménez Cerros, nicaragüense, nacida en Honduras. Comenzó a publicar contando historias de vida, vidas con historia. Hoy se asoma por el agujero de su propio pasado y descubre un mundo de erotismo que su piel y memoria habían sepultado.

Blanca García Monge, nicaragüense. Lic. en Desarrollo Social. Ha publicado en cuatro antologías de cuentos en Nicaragua y México. "Polvareda Líquida" es su Poemario en formato artesanal-2013. Es integrante de la Asociación Nicaragüense de Escritoras.

Marianela Corriols Molina, nicaragüense. Médico y científica. Ha publicado cinco libros de poesía y ha ganado dos Premios Nacionales de Poesía en Nicaragua. Ha sido editora y autora de antologías de poesía y cuentos.

Gisselle Torio, mexicana. Licenciada en Comunicación de la Universidad Iberoamericana. Trabajó como creativa en una agencia de publicidad, se ha dedicado a la fotografía artística y hace algunos años incursionó en la literatura.

Miriam Gutiérrez, mexicana. Le gusta danzar, aventurarse y escuchar más que hablar. Investiga lo inconsciente.

ÍNDICE

Once mujeres que cuentan Erotismo
se terminó de imprimir en abril de 2018,
en Narratio Aspectabilis S.A. de C.V.
Jardín Centenario 18-2, Coyoacán, 04000, Ciudad de México.
info@laboratoriodenovela.com